KB050957

회귀의 절대자

회귀의
절대자 2

초판 1쇄 인쇄일 2016년 8월 24일 | 초판 1쇄 발행일 2016년 8월 27일

지은이 원태랑 | 펴낸이 곽동현 | 담당편집 팀장 이범수
편집부 신연제 이윤아 홍현주 김유진 임지혜

펴낸곳 (주) 조은세상 | 출판등록 제 2002-23호
주소 경기도 연천군 미산면 청정로 1355
TEL 편집부 02)587-2966 | FAX 02)587-2922
e-mail bukdu@comics21c.co.kr

©원태랑 2016
ISBN 979-11-5832-645-6 | ISBN 979-11-5832-643-2(set) | 값 8,000원

※잘못 만들어진 책은 바꿔 드립니다.
※저자와의 협의에 의해 인지는 생략합니다.

회귀의 절대자

원태랑

현대판타지 장편소설

NEO MODERN FANTASY STORY

회귀의 절대자

CONTENTS

NEO MODERN FANTASY STORY

NEO MODERN FANTASY STORY

1. 파멸의 회귀.

회귀의 절대자

1. 파멸의 회귀.

그날 밤.

어둠 속에서 한성은 홀로 걷고 있었다.

경호원들이 합류를 했으니 생존의 확률은 더 높아질 수밖에 없었는데 예상치 못한 고민이 떠오르고 있었다.

타 지역 플레이어들과 보스 몬스터들.

자신이 어느 정도 스킬들을 사용할 수 있는 레벨에 오르기만 하면 교관 정도는 제압할 자신 있었지만 보스 몬스터는 달랐다.

가장 약한 디케이만 하더라도 정면으로 부딪친다면 상대하기 힘든 상대이었는데 타 지역의 보스들은 생존도의 무기와 방어구 가지고는 어림도 없었다.

그나마 다행인 것은 생존도 최강자인 C와 D의 보스들은 플레이어들에게 큰 관심이 없었다.

C지역구 보스는 단 한명의 플레이어도 졸로 삼지 않고 홀로 다녔고 D지역구 보스는 플레이어들을 세뇌 시키는 스킬을 이용했는데 대부분 스킬의 압박감을 이기지 못해 미쳐 버렸었다.

D지역구 보스 몬스터의 주변에는 몇몇 미쳐 버린 플레이어들이 남아 있기는 했지만 제 정신이 아닌 탓에 전투에 도움이 되지 않았다. 더구나 이들은 D지역구 보스 몬스터가 죽어 버리는 순간 제 정신으로 돌아왔었고 오히려 생존도에서 끝까지 살아남은 자들 중에는 이들의 숫자가 상당히 많았었다.

'분명 최종 싸움에서 C와 D의 보스 몬스터들은 단 한명의 부하도 있지 않았다.'

타 지역 보스에 비해 힘이 부족했던 디케이와 와이즈너만이 플레이어들의 힘이라도 끌어 모으려 했는데 경호원 부대가 이쪽으로 온 것으로 일이 비틀어졌으니 와이즈너가 이쪽을 침략할 확률은 더 높았다.

다른 두 보스 몬스터 보다는 현저히 떨어지는 실력이었지만 그의 교활한 머리는 또 다른 두려움을 주었다.

명색이 최종 보스전의 승자였으며 와이즈너와는 비교할 수 없을 정도로 뛰어난 타 지역 보스를 둘 다 지옥으로 떨어뜨렸으니 그가 어떤 계략으로 공격을 해 올지 알 수 없는 불안감이 가득 해졌다.

지난 하루 종일 고민을 한 한성은 무언가 결심을 내렸다는 듯이 게시판과 NPC들이 모여 있는 중앙으로 갔다.

이곳에 있는 NPC들은 무기나 방어구와는 상관없는 편의를 위한 NPC들이었는데 NPC 앞에 놓여 있는 커다란 게시판에 적힌 글자들이 보였다.

[이 놈들 해킹했음! 치트 키 썼어! 엄마한테 이를 거야! 지옥으로 꺼지셈!]

쫓겨난 초등학생 관리자가 마지막으로 남겨 놓은 듯한 울분이 보이고 있었다.

'치트 키라…….'

엄밀히 말하면 틀린 말은 아니었다.

초등학생 관리자만이 유일하게 자신이 회귀한 것을 알아차린 것 같은 기분이 들었다.

한성은 또 다른 게시판을 바라보았다.

[세이프존 A. 현 생존자 1120명.]

과거 한성이 세이프존 A를 떠났을 때 남아 있던 생존자 수 보다 훨씬 많은 숫자였다.

1120명의 생명이 새롭게 태어났다는 느낌이 들었다.

와이즈너가 B지역 플레이어들을 데리고 전면전을 벌인다 하더라도 플레이어들의 수준과 숫자는 이쪽이 훨씬 더 높았다.

다만 어느 쪽이던 큰 피해를 입는 것은 피할 수 없는 일이었고 플레이어들의 희생을 막을 수는 없었다.

이 비극을 피하기 위해서는 와이즈너를 해치워야 했다.

한성은 한쪽에 있는 NPC에게 다가갔다.

오리 얼굴을 하고 있는 NPC는 말 그대로 NPC처럼 한성이 다가갔음에도 표정에 아무런 변화가 없었다.

먼저 말을 걸지 않는 이상 아무런 대답도 하지 않겠다는 듯이 오리 NPC는 툭 튀어나온 부리를 굳게 다물고 있었다.

과거 단 한번도 사용해 본 적 없는 NPC.

바로 우편 NPC였다.

한성은 고개를 갸웃거렸다.

'가능할까?'

한성의 시선이 오리 NPC에게 향하자 곧바로 저장된 메시지가 들려왔다.

[타 지역에 있는 플레이어들에게 메시지를 보낼 수 있습니다.]

지금 눈 앞에 있는 오리 NPC는 말 그대로 편지를 전해주는 NPC였다.

편지를 보내기 위해서는 상대방의 이름을 알아야 했는데 과거 생존도에 왔을 때 아는 사람은 단 한명도 없었으니 편지 따위를 보낼 일은 없었다.

물론 그건 지금 역시 마찬가지였다.

지금 한성이 편지를 보내려는 자는 플레이어가 아니었다.

바로 세이프존 C와 D의 보스 몬스터에게 보내려는 생각이었다.

'원래 디케이가 제일 먼저 죽고 B지역 보스 와이즈너의 계략에 의해 C와 D는 서로 싸우다 죽게 된다. 그렇다면 미리 C와 D의 보스에게 이 사실을 알려준다면 어떻게 될까?'

확률적으로 와이즈너가 죽을 확률이 높았다.

C와 D보스 몬스터들이 플레이어에게 관심이 없었듯이 한성 역시 보스 몬스터의 승리에는 관심이 없었다.

누가 승리하던 그건 생존도를 빠져 나갈 플레이어들의 생명과는 관계가 없었다.

그렇다면 지금 해야 할 일은 와이즈너라는 잠재 위험을 없애야 했다.

한성의 시선이 편지를 보내는 발신인 란으로 향했다.

이름을 적는 난이 있었지만 자신의 이름을 적는 것은 꺼림직 했다.

잠시 고민한 한성은 오리 몬스터에게 물었다.

"익명으로 편지를 보내는 것이 가능한가?"

오리 몬스터가 답했다.

[가능함! 가능함! 사용료 20 G 포인트.]

"보스 몬스터에게 보내는 것도 가능한가?"

[가능함! 가능함! 사용료 20 G 포인트.]

비록 직접적인 전투를 벌인 적은 없었지만 두 보스 몬스터의 이름은 생생하게 기억하고 있었다.

수신인 란에 한성은 두 명의 보스 몬스터 이름을 적기 시작했다.

매그너스. 에솔릿.

와이즈너의 계략은 한성의 머릿속에 있었다.

한성은 미리 에솔릿과 매그너스 두 보스 몬스터에게 와이즈너의 계획을 알려줄 생각이었다.

다만 이들 보스 몬스터들이 자신의 말을 믿어 줄 지는 의문이었다.

한성은 기억을 더듬었다.

자신이 본 것은 두 거대 몬스터들이 최후의 일격을 날리며 죽는 순간이었다.

천상계에서나 볼 수 있는 마나의 기운이 최후로 휘몰아치던 그 순간과 그 장소는 똑똑히 기억이 났다.

'에솔릿과 매그너스는 슬픔의 숲에서 서로 싸우다 죽는다.'

두 보스 몬스터들이 자신의 편지를 믿게 하기 위해서는 최대한 상세하고 자세하게 설명을 해야 했다.

매그너스와 에솔릿 두 보스 몬스터들이 어느 지점에서 싸우게 되는지, 와이즈너가 어디에 숨어 있는지 등등 자신이 알고 있는 모든 것을 기억해낸 한성은 곧바로 와이즈너의 계략을 적은 메시지를 보냈다.

메시지를 보내는 순간 거대한 검이 와이즈너를 향해 날아가는 기분이 들었다.

한성이 눈빛을 빛냈다.

'찍어 죽여 다오.'

둘 중 하나가 와이즈너를 죽여만 준다면 나머지 두 명 중 승자는 누가 되던지 상관할 바가 아니었다.

보내기 버튼을 클릭하자 오리 NPC의 눈이 반짝였다.

[메시지 성공적으로 보냈습니다!]

생존도 85일째.

생존도에는 어울리지 않을 평온만이 감돌고 있었다.

한성은 어떤 변화가 일어나는 지 바짝 긴장하고 있었는데 아직까지는 고요할 정도로 평온이 감돌았다.

매일 세이프 타워 주변으로는 플레이어와 경호원들이 언제라도 기습에 대비하겠다는 듯이 경호를 서고 있었고 백호 역시 직접 나서서 경호원들을 지휘하고 있었다.

바짝 긴장하고 있는 경호원들과는 다르게 와이즈너의 기습은 없었고 세이프 타워의 빛은 전혀 켜지지 않고 있었다.

이대로 시간이 흘러가기를 간절히 바라던 플레이어들과 한성의 기도는 이루어지지 않았다.

늦은 밤.

남쪽에서 경호를 하고 있던 경호원 광렬과 경민 그리고 응태는 잡담을 나누고 있었다.

이들 세 명은 세이프존 B에 있다가 백호를 따라 온 자들이었는데 백호의 지시에 따라 남쪽의 성채를 수비하는 임무를 맡고 있었다.

대부분의 플레이어들이 잠을 자고 있는 사이 이들 세 명은 경계를 보고 있었는데 이들에게는 긴장감 보다는 여유로움이 묻어 있었다.

"이야. 이쪽 플레이어들 레벨 봤어? 평균적으로 세이프존 B에 있는 플레이어들 보다 20레벨은 더 높아. 이거 어떻게 한 거지?"

"리더라는 자가 상당히 뛰어나다고 해. 뭐 백호 대장은 무언가 말 하는 걸 꺼려하는 것 같은데 말이야. 다른 대원들도 호감을 가지고 있고 생존도에서 나가면 아마 같이 활약할 수 있을 지도 모르겠어."

"들었어? 이 번 생존도 임무가 끝나면 백호 대장은 독립해서 나간다고 해."

"돌아가면 백호 대장이 우리한테 포상금으로 3억씩 추가로 준다더니 그 이유 때문이군. 우리도 따라가야 하는 건가?"

경민이 주위를 살펴보며 말했다.

"그건 그렇고 이거 왜 한철이는 교대하러 오지 않아? 벌써 긴장이 풀린 건가? 이러다 습격당하면 곤란한데 말이야."

"플레이어들을 알게 뭐냐? 우리는 우리에게 돌아올 몫이

나 챙기면 그만이지. 난 솔직히 우리가 고객이 아닌 플레이어들까지 경호하는 것이 마음에 들지 않는다고. 차라리 세이프존 B에서 와이즈너랑 한판 했으면 더 편했을 것 같아. 검이란 베라고 있는 거라고 배웠다고."

이들이 잡담을 나누고 있을 때였다.

"조용!"

어둠 속에서 무슨 소리를 들은 듯이 웅태가 한쪽으로 귀를 기울이며 물었다.

"이게 무슨 소리지?"

모두가 귀를 기울이자 과연 밤 바람을 타고 소음이 전해져 오고 있었다.

"우걱 우걱."

성채 아래 쪽에서 무언가 씹어 먹는 듯 한 소리가 계속해서 들려오고 있었다.

"우걱, 우걱,"

광렬이 고개를 흔들며 말했다.

"누가 뭐 먹는 것 같은데?"

"몬스터? 생존도 몬스터는 다 NPC잖아. 먹는 몬스터는 이곳에 없을 텐데?"

경계 하는 태도로 경호원들은 성채 바깥쪽을 바라보았는데 정작 소리가 들려온 쪽은 성채 안 쪽이었다.

"안쪽이다!"

"저기야!"

성채 곳곳에는 달빛을 반사 시켜주는 마석들이 붙어 있었는데 어둠 속에서 작은 물체가 희미하게 보이고 있었다.

"불 좀 가져와 봐!"

광렬이 횃불을 가져오자 소리를 내는 자의 정체가 보이고 있었다.

"뭐야? 쭈그리고 앉아 있는데 여자아이인가?"

불안한 소리를 내는 대상의 정체를 알자 경호원들의 긴장이 풀리고 있었다.

한쪽에서 여자아이 한명이 홀로 무언가를 먹고 있었다.

여자아이는 상당히 배가 고픈 듯이 무언가를 정신없이 먹고 있었는데 뒷모습으로 유추해 보아 대략 열세 살 이내의 소녀로 보이고 있었다.

"가자!"

경호원들중 두 명이 성채 아래로 내려갔다.

여자아이에 불과 했으니 두 경호원들은 무기를 내려놓은 채 무 방비 상태로 다가가고 있었다.

정신없이 무언가를 먹고 있는 여자아이를 향해 웅태와 광렬이 말했다.

"아이고 이런 곳에 있으면 위험해요."

"이런 곳에 이런 여자애가 있을 줄은 몰랐네."

"아, 이런 여자아이까지 끌려오다니 아무리 랜덤이지만 참 너무하네."

걱정하듯이 말하고 있었지만 여자아이는 뒤돌아보지도 않은 채 여전히 식탐에 빠져 있었다.

"우걱, 우억."

뒤에서 말을 건넸지만 아무런 반응도 보이지 않자 응태는 고개를 흔들었다.

"많이 굶었나 보네. 이곳은 에너지바가 넘쳐난다고 하던데 그것도 아닌가 봐."

인벤토리에서 에너지바를 꺼낸 응태가 말했다.

"얘야! 아무거나 먹으면 탈 나. 이거 먹으렴."

응태의 말에 여자아이는 그제야 뒤를 돌아보았다.

여자아이의 얼굴을 확인 하는 순간 놀란 비명이 새어 나왔다.

"어엇!"

여자아이의 입에는 핏자국이 흘러내리고 있었는데 양 손에는 핏덩이가 들려 있었다.

이곳 생존도에서 동물이라고는 인간을 제외하고 없었다.

여자아이가 군침을 흘리며 말했다.

"너희들. 맛있게 생겼어."

❖

다음날.

아침부터 성채는 발칵 뒤집혔다.

"사라졌습니다!"

하루 밤 사이에 무려 경호원 여섯 명과 플레이어 40명이 순식간에 사라져 버렸다.

플레이어들은 물론이고 경호원들까지 비상사태에 빠지게 되었다.

어제까지만 하더라도 같이 대화를 나누었던 동료들이 사라졌다는 사실에 확인되지 않은 소문들이 퍼지며 플레이어들은 한동안 잊었던 죽음의 공포를 다시 느끼고 있었다.

세이프 타워에서 경계를 서고 있던 백호 역시 갑작스러운 소식에 부랴부랴 달려왔다.

와이즈너가 기습을 한다면 반드시 거쳐 가야 할 지점인 세이프 타워의 경비를 비워둘 정도로 백호는 다급해 하고 있었다.

십년이 넘는 경호 생활에서도 경호원 여섯 명이 소리도 없이 사라진 적은 처음이었다.

백호가 물었다.

"어떻게 된 거지? 분명 세이프 타워로는 그 누구도 오지 않았다. 다른 세이프 타워를 이용한 건가?"

부대장 성욱이 보고했다.

"플레이어와 경호원 전원 모두 다 남쪽에서 경계를 서던 자들입니다. 방어구와 무기 그리고 핏자국은 발견했습니다. 다만 시체는 찾을 수 없었습니다. 단 한구도."

잠시 말을 멈춘 성욱은 더 놀랐다는 듯이 말했다.

"또한 싸운 흔적조차 없습니다."

경호원들은 나름 상위의 스킬들을 가지고 있었다.

공격 스킬을 발산시켰을 경우 주변에 흔적이 남게 마련이었는데 어찌된 일인지 지금 경호원의 시체 주변에는 스킬을 발산 시킨 흔적조차 남아 있지 않았다.

이건 기습적으로 당한 것이나 비교조차 할 수 없는 실력차이에 당한 거라고 밖에 생각할 수 없었다.

오랜 시간 동안 산전수전을 다 겪은 경호원들이었지만 지금 만큼은 당황한 기색을 숨기지 못하고 있었다.

경호원들은 서로 수근 거렸다.

"남쪽에서 침입이 있었나?"

"외부 침입자가 들어왔다면 눈길을 끌었을 텐데?"

"죽었다면 시체의 흔적이라도 남아 있어야 하는데……싸운 흔적도 없고 시체도 보이지 않는다는 것은 도대체 어떻게 된 거야?"

불안감이 가득해 지던 가운데 한성과 백호의 시선이 마주쳤다.

이 둘은 머릿속으로 같은 생각을 하고 있었다.

'와이즈너?'

백호가 검을 꺼내 들며 의아하다는 듯이 중얼거렸다.

"응태, 광렬. 그리고 경민까지 이들은 나와 부대장을 제외하고는 가장 뛰어난 실력자들이다. 아무리 와이즈너라 하더라도 흔적도 남기지 않고 이렇게 쉽게 제거할 수는 없을 텐데?"

한성 역시 의아한 생각이 드는 것은 마찬가지였다.

세이프존 A에 있는 플레이어들은 대부분 서로의 얼굴을 알고 있었다.

만일 외부의 누군가나 와이즈너 같은 특이한 외형의 HNPC가 침입 했다면 단번에 알아차릴 수 있어야 했는데 분명 어제 까지 아무런 보고도 있지 않았다.

한성을 비롯한 그 누구도 답을 내지 못하고 있던 그때였다.

우당당탕!

누군가 급하게 달려오는 소리가 들려왔다.

모두의 시선이 문 쪽으로 향했다.

문이 부서지듯이 열리며 경호원 한명이 소리쳤다.

"동쪽 입구에 있던 성재가 당했습니다! 무기와 핏자국이 남았습니다! 스킬 사용 흔적 남아 있습니다! 목격한 플레이어들의 보고에 따르면 동쪽 성채에 나타났다고 합니다!"

성재는 조금 전 까지 살아 있던 경호원 이었다.

즉 지금 그가 죽었다는 것은 죽은 지 채 한 시간도 되지 않는다는 것을 의미했다.

경호원들이 무기를 들고 일어나는 순간 이었다.

백호가 만류했다.

"침착해라! 유인해 내려는 미끼일지 모른다!"

백호의 말에 모두의 시선이 한성에게 향했다.

한성이 앞으로 나서며 말했다.

벌써부터 한성에게 의지를 한다는 듯이 경호원들은 한성을 바라보고 있었는데 한성이 말했다.

"제가 가겠습니다! 와이즈너의 계략일지 모르니 경호원분들은 흩어지지 말아 주십시오!"

자신이 다른 지역구 보스에게 편지를 보낸 사실이 와이즈너의 귀에 들어갔을지 모른다는 생각이 들고 있었다.

지금 흔적을 남겼다는 사실 역시 와이즈너의 계략으로 생각되고 있었다.

홀로 가겠다는 것은 상당한 위험을 감당해내야 하는 일이었지만 한성은 간곡하게 말하고 있었다.

백호는 고개를 끄덕였고 한성은 곧바로 뛰쳐나갔다.

그 어느 때보다 빠르게 속공을 사용하며 한성은 동쪽 성채를 향해 달리고 있었다.

심장이 미친 듯이 뛰기 시작했다.

체력의 소모 때문에 뛰는 것이 아니라 불길한 기운을 느낀 자신의 몸은 심장의 박동을 더욱더 요동치게 하고 있었다.

주변이 빠르게 지나가고 있었지만 한성의 눈에는 들어오지 않고 있었다.

'어째서! 무엇이?'

무엇이 어떻게 잘못되었는지 알 수 없었지만 자신의 예상과는 다른 큰 사건이 일어나고 있는 것은 분명했다.

자신의 행동으로 사건이 비틀어 졌으니 어떻게 해서든지 자신의 힘으로 해결을 하고 싶었다.

한성이 미친 듯이 달려가고 있을 때였다.

한성의 눈에 예쁘장한 여자아이가 걸어오고 있는 것이 보이고 있었다.

'더 이상 희생은 없어야 한다!'

한성은 최대한 도로 속도를 높였다.

비극적인 사태가 발생했는지도 모르는 듯이 여자아이는 노래를 흥얼거리고 있었는데 한성의 귓가에 여자아이가 부르는 노래가 들려왔다.

"즐겁게 춤을 추다가 그대로……."

소녀가 노래를 부르며 손가락 하나를 들어 보이는 순간 한성은 빠르게 지나쳐 갔다.

순식간에 한성이 소녀의 곁을 지나쳐 가자 소녀의 눈이 커졌다.

'어랏?'

소녀는 의외라는 듯이 뒤를 돌아보았다.

'오호. 빠르네?'

무언가 타이밍을 놓쳤다는 듯이 소녀는 들고 있던 한쪽 손가락을 내려놓았다.

급박하게 지나쳐 가는 상황 탓에 한성은 눈치 채지 못하고 있었지만 손가락을 내려놓은 소녀의 눈은 한성의 무기와 방어구를 훑어보고 있었다.

한성을 따라갈 듯 살짝 몸을 움직였던 소녀는 다시 몸을 돌렸다.

'싸구려 무기와 방어구. 분명 낮은 레벨. 맛없어 보여. 패스!'

몸을 돌리는 순간 소녀의 손가락에 맺혀 있던 붉은 마나의 기운이 사라지고 있었다.

❖

한성이 소녀를 지나쳐 가고 있을 때 경호원들은 전원 한 곳에 모여 무기를 만지작거리고 있었다.

얼핏 보면 곧 벌어질 전투에 준비를 하고 있는 것처럼 보였지만 실상은 달랐다.

이들은 지금 떠나갈 준비를 하고 있었다.

고객들이 하나 둘 씩 모습을 드러내기 시작했다.

고객들과 함께 모습을 드러낸 성재가 보고를 했다.

"모두 모셔 왔습니다."

동쪽 성채에서 죽었다고 한 성재가 눈앞에 나타나고 있었다.

죽었다고 알려진 사내가 나타났지만 그 누구도 놀란 이들은 없었다.

원래 이들은 한성을 다른 곳으로 보내기 위해 말을 맞추어 놓은 상황이었다.

경호원 여섯 명이 흔적도 없이 사라졌다는 것은 상대의 실력이 수준이 다르다는 것을 의미했다.

불길함을 느낀 백호는 그 즉시 결단을 내렸다.

그 정체가 와이즈너인지 무엇인지는 알 수 없었지만 백호에게 중요한 것은 자신을 비롯한 대원들과 고객들의 안전이었지 플레이어들의 생존이 아니었다.

백호가 한성을 홀로 보낸 것은 단순히 그의 투지 때문은 아니었다.

백호는 의도적으로 한성을 다른 곳으로 보내려 했고 자신은 고객들과 함께 떠날 준비를 하고 있었다.

백호의 머리는 빠르게 회전하고 있었다.

'이제 보름만 있으면 생존도에서 나갈 수 있다. 성채와 플레이어들이 없다 하더라도 남아 있는 부하들과 함께라면 충분히 15일은 버틸 수 있다.'

고객들은 이미 빼 놓은 상황이었고 여차하면 세이프 타워를 이용해 다른 지역으로 빠져 나갈 생각을 하고 있었다.

경호원 부대가 와이즈너를 피해 이쪽으로 온 것은 이곳이 더 안전하다는 생각 때문이었는데 뜻밖의 위험이 이곳에 발생했으니 이제 이곳에 미련은 없었다.

백호는 한성이 사라진 쪽으로 향했다.

'전에 말했듯이 나에게 가장 중요한 것은 부하들과 고객들이다. 난 자네와 다르니까. 양심의 가책이나 미안함 따위는 전혀 없다.'

미련 없이 백호는 시선을 돌렸다.

백호의 시선이 고객들에게 향했다.

이들이 무사 귀환을 할 경우 보상금은 수백억 이었다.

비록 한명이 죽었지만 이들만 살아 데려갈 수 있다면 자신의 이름을 딴 백호 길드는 설립할 수 있었다.

백호는 부들부들 떨고 있는 고객들을 안정시키며 말했다.

"갑시다."

경호원들이 고객들과 모두 다 떠나갈 채비를 끝낸 그때였다.

멀리서 희미하게 여자아이의 노래 소리가 들려왔다.

"즐겁게 춤을 추다가 그대로 죽어랏!"

경호원들 모두 제 자리에 멈추어 섰다.

"으아아악!"

"으아아악!"

잘못들은 것이 아니라는 듯이 노래가 끝나자마자 비명소리가 연이어 따라 들려왔다.

노래는 희미했지만 비명 소리만큼은 생생하게 들려오고 있었다.

백호를 필두로 경호원들은 무기를 꺼내들고 모두 다 뛰쳐나갔다.

"우아아악!"

"사람 살려!"

뛰쳐나가는 그 짧은 순간에도 비명 소리는 쉬지 않고 울려 퍼지고 있었다.

"어엇?"

비명 소리를 만들어낸 주인공을 보는 순간 백호를 비롯한 모든 경호원들은 놀란 표정을 감출 수 없었다.

눈 앞에는 지옥이 펼쳐지고 있었다.

경호원들은 모두가 눈 앞의 광경이 믿어지지 않는다는 듯이 제 자리에서 움직이지 조차 못하고 있었다.

140cm도 안될 정도로 작은 키.

비명 소리를 만들어내고 있는 주인공이라고는 믿어지지 않을 비쩍 마른 몸의 소녀가 손으로 장단을 맞추며 즐겁게 노래를 부르고 있었는데 노래가 끝날 때마다 사방에는 비명이 울려 퍼지고 있었다.

"으아악!"

처참한 비명과 잔인하게 찢기는 플레이어들의 모습에도 아랑곳없이 여자아이는 여전히 흥얼거리고 있었다.

마치 눈앞에 보이는 플레이어들이 벌레도 되지 않는다는 듯이 여자아이는 플레이어들을 갈기갈기 찢어 버리며 흥얼거리고 있었다.

"즐겁게 춤을 추다가 그대로 죽어랏!"

콰아아아앗!

붉은 빛의 마나가 여자아이의 손가락에서 검처럼 휘몰아치고 있었다.

마승지가 플레이어를 죽였을 때와 똑같은 스킬이 여자아이의 손에서 흘러내리고 있었는데 소녀가 팔을 휘저으며 외쳤다.

"그대로 죽어랏!"

노래가 끝나는 순간 붉은 마나의 기운은 검처럼 사방으로 퍼져 나갔다.

펑! 펑! 펑! 펑! 펑!

백호를 비롯한 경호원들의 입이 커졌다.

"뭐, 뭐야 이건?"

"허억! 이게 저 여자아이가 내뿜는 기운이 맞아?"

여자아이의 몸에서 발산된다고는 전혀 생각할 수 없을 거대한 기운이 사방으로 퍼지며 플레이어들의 몸은 폭탄 터지듯이 터지고 있었다.

비명 소리도 낼 여유도 주지 않은 채 붉은 시체 조각들은 사방으로 튀어 오르며 지옥을 만들고 있었다.

천상계에서나 볼 수 있었던 마나의 기운.

지금까지 열려 있는 일반 던전에서도 이렇게까지 강한 몬스터는 본 적이 없었다.

붉은 색 마나의 기운은 천지를 붉게 물들이고 있었다.

공포에 질린 경호원 한명이 중얼거렸다.

"이, 이건 꿈! 꿈을 꾸는 걸 거야. 악몽이라고!"

불행이도 경호원의 앞으로 떨어진 시체에서 뿜어져 나오는 피는 꿈이 아니라고 말하고 있었다.

❖

자신이 속은 줄도 모르고 정신없이 동쪽 성채로 달려가고 있던 한성은 걸음을 멈추었다.

자신의 뒤쪽에서 비명소리가 새어 들어오고 있었다.

급하게 몸을 돌렸다.

자신이 온 길을 돌아가자 점점 더 비명소리는 크게 들려오고 있었다.

양손에 무기를 움켜쥔 한성은 더 속도를 높였다.

자신이 속도를 높일수록 비명 소리는 커지고 있었고 얼마 지나지 않아 한성의 눈에 붉은 피와 마나의 기운이 섞여 튀어 오르는 것이 보였다.

정신없이 달려가고 있던 한성은 얼어붙은 것처럼 제 자리에서 움직이지 못했다.

생전 처음 보는 여자아이 이었지만 마나의 기운은 전혀 낯설지 않게 느껴지고 있었다.

'이! 이 기운은!'

기억 보다 먼저 몸이 반응하고 있었다.

심장이 멎는 것 같았다.

지금 느껴지고 있는 마나의 기운은 과거 매그너스와 에솔릿이 최후의 순간에 보였던 마나의 기운이었다.

눈앞에 있는 소녀는 바로 세이프존 C의 보스 몬스터 에솔릿이었다.

나비 효과.

그것도 아주 거대한 나비 효과가 벌어지고 있었다.

❖

에솔릿.

세이프존 C의 보스 몬스터.

보스 몬스터 중 유일한 여자.

과거 와이즈너의 계략에 의해 매그너스와 같이 죽은 보스 몬스터.

그리고 식인귀.

10M가 넘는 초대형 괴물은 지금 여자아이 안에서 모습을 감추고 있었다.

한성이 모르고 있던 사실이 하나 있었다.

과거 한성은 에솔릿의 최후의 모습만을 목격했을 뿐 직접적인 대면을 해 본 적이 없었다.

한성의 기억 속에서 다른 보스 몬스터들과는 다르게 에솔릿는 단 한명의 부하도 없었다.

그건 한성의 생각처럼 에솔릿에게 플레이어의 힘이 도움이 되지 않아서가 아니었다.

에솔릿 곁에 플레이어들이 없었던 것은 바로 모두 다 먹어 치웠기 때문이었다.

식인 스킬.

몬스터가 아닌 인간이나 HNPC를 먹으면 먹을수록 강해지는 스킬.

지금 에솔릿에게 눈앞에 있는 플레이어들은 먹이였다.

"크아아아악!"

"으아아!"

눈앞에 먹이가 가득했지만 에솔릿은 관심이 없다는 듯이 손가락 하나 까닥 거리는 걸로 플레이어들의 몸을 종이 찢듯이 찢어버리고 있었다.

주변으로 퍼져버린 시체조각을 보며 에솔릿이 말했다.

"너무 약해. 맛 없어보여. 이제 이런 건 먹어도 더 강해지지 않는단 말이야."

지난밤 경계를 서고 있던 경호원들과 플레이어들을 모두 다 먹어치우고 레벨업을 거듭한 에솔릿의 식인 스킬은 이제 40레벨 이상의 플레이어들만 먹었을 경우 성장이 가능했다.

생존도의 만렙이 40이었으니 사실상 플레이어들 중에는 40이상의 플레이어가 존재하지 않았다.

에솔릿이 주위를 두리번거리며 말했다.

"디케이가 죽었다고 들었어. 누가 죽였지? 강할 것 같은데 먹으면 무지 맛있을 것 같아."

이런 상황에서 그녀의 말에 대답할 플레이어는 단 한명도 없었다.

플레이어들은 사방으로 달아나고 몇몇은 무기를 꺼내들

고 있었지만 에솔릿은 전혀 개의치 않고 있었다.

"뭐 말해 주지 않아도 괜찮아! 다 알아 볼 수 있으니깐!"

에솔릿의 눈이 번쩍였다.

"클리어 아이!(Clear Eye)!"

스킬이 발동되는 것과 동시에 에솔릿의 눈은 붉은 색으로 바뀌었다.

아무런 공격도 변화도 일어나지 않았지만 지금 에솔릿의 눈에는 플레이어들의 레벨이 보이고 있었다.

5분간 플레이어들의 레벨을 확인할 수 있는 스킬을 사용한 에솔릿은 먹잇감을 찾는 다는 듯이 사방을 살펴보았다.

좌우로 고개를 돌리며 사방을 살펴보고 있던 에솔릿이 중얼거렸다.

"오호! 이곳은 전체적으로 플레이어들의 레벨이 꽤 높네. 하지만 40달성 못한 놈들은 이제 먹어도 도움이 안 되니까 필요 없고."

이리 저리 먹잇감을 찾는 다는 듯이 고개를 돌리던 에솔릿의 시선이 부대장 이성욱에게 향했다.

"아! 저기 46짜리! 빙고!"

순식간에 에솔릿의 몸이 이성욱 앞에 나타났다.

한성이 가지고 있는 속공과는 비교 할 수 없을 정도로 빠른 속공 스킬이 발산 되며 순식간에 성욱의 코앞에 나타난 에솔릿은 윙크를 하는 여유까지 부리고 있었다.

본능적으로 위기를 느낀 성욱의 몸이 움직였다.

"하아아앗!"

반사적으로 성욱의 낫이 스킬을 발산하며 내리찍어지는 순간이었다.

"으아아악!"

기합 소리는 곧바로 비명 소리로 바뀌었다.

낫을 내리찍기도 전에 이성욱의 한쪽 팔이 날아가 버렸다.

곧바로 에솔릿의 손가락이 성욱의 심장을 향해 찔러 들어갔다.

아무런 무기도 없었지만 에솔릿의 손가락은 성욱의 갑옷을 뚫고 심장을 찔렀다.

"우우욱!"

붉은 마나의 기운이 서려 있는 손가락 앞에 상급 방어구는 전혀 제 역할을 하지 못하고 있었다.

성욱은 그 자리에서 즉사한 채로 쓰러져 버렸고 에솔릿이 말했다.

"먹이가 많아서 달아나기 전에 잡아야 그러니 넌 좀 있다 먹어 줄게."

한성 역시 악몽을 꾸는 것 같았다.

단순히 와이너즈의 계략에 의해 죽었다고만 알고 있었는데 문제는 한성이 와이즈너의 계획을 에솔릿에게 알렸기 때문에 상황은 바뀌어 버렸다.

지금까지 와이즈너가 오지 않은 것이 아니었다.

와이즈너는 올 수 없었다.

에솔릿은 와이너즈의 계획을 역으로 이용해서 와이너즈를 먹어 치웠다.

마지막 남은 보스 몬스터는 매그너스 뿐이었는데 에솔릿은 매그너스를 잡기 이전에 디케이를 먹으려 왔다.

어차피 매그너스와 자신의 실력은 비슷했으니 디케이만 먹어 치운다면 자신이 앞설 거라 생각한 에솔릿은 주저 없이 디케이를 사냥하러 왔다.

생존도 보스 몬스터들 중에 가장 약한 몬스터인 디케이를 잡으러 왔음에도 에솔릿은 신중했다.

10M가 넘는 자신의 흉측한 몸은 눈에 띄지 않으려야 않을 수 없었다.

이 모습을 감추기 위해 에솔릿은 또 하나의 스킬을 가지고 있었는데 그게 바로 트랜스폼 스킬이었다.

에솔릿은 자신이 먹은 플레이어의 외형과 똑같은 모습으로 변할 수 있는 스킬을 가지고 있었는데 그녀가 선택한 외모는 바로 어린 여자아이였다.

여자아이 같은 작은 몸집에 그 누구도 의심을 가지는 자들은 없었다.

와이즈너 역시 여자아이의 외형에 방심을 하다 그대로 먹혀 버렸고 에솔릿은 똑같은 작전으로 디케이를 노리고 왔는데 뜻밖에도 디케이는 이미 죽은 상황이었다.

대신 생존도 만렙을 초월한 경호원들이 눈앞에서 가득 보이고 있었다.

지난밤에 6명의 경호원들과 40명의 플레이어들을 먹어 치운 에솔릿은 식인 스킬의 만렙을 찍었고 이제 필요한 먹이는 레벨 40이상의 경호원들뿐이었다.

의외의 소득을 올렸다는 듯이 에솔릿이 말했다.

"흐음. 원래는 디케이가 나한테 도전하면 먹어 버리려 했는데 먼저 죽어버려서리. 근데 결과적으로 더 좋아. 디케이 보다 훨씬 더 영양가 있는 플레이어를 먹을 수 있게 되었잖아? 호호호!"

한성은 소리쳤다.

"모두 달아나!"

밖에는 몬스터들이 우글거리고 있었지만 생각할 여유도 없었다.

눈 앞의 몬스터가 생존도 최강의 몬스터라는 사실 역시 지금 한성의 머릿속에 없었다.

이 거대한 나비 효과에 대한 책임이 자신에게 쏟아져 내려오고 있었다.

플레이어들이 사방으로 흩어지고 있을 때 한성은 홀로 달려나갔다.

'신이여!'

신을 믿지 않았지만 지금 이 순간만큼은 신의 힘을 얻고 싶었다.

'증폭! 달빛 베기!'

혼신을 다한 한성의 검은 그대로 에솔릿의 머리를 내리찍었다.

심장이 터진다 하더라도 쏟아 부을 수 있는 모든 공격은 모조리 쏟아 붓고 있었다.

증폭으로 파괴력이 상향된 달빛베기의 달빛이 서슬이며 치명타가 발생되는 순간 이었다.

콰아아앗!

한성의 검은 그대로 에솔릿의 머리를 내리찍었다.

푸우욱!

예상보다 쉽게 공격은 성공적으로 명중되고 있었다.

한성의 모든 것을 담은 공격에 여자아이의 연약한 피부는 방어조차 하지 못하고 그대로 갈라지고 있었다.

"아!"

자신의 공격에 에솔릿의 머리가 갈라지고 있었지만 오히려 한성의 입에서 당황한 비명이 새어 나오고 있었다.

검이 머리에 꽂힌 상황에서도 에솔릿은 웃으며 말을 하고 있었다.

"오호! 제법 강한데? 근데 넌 만렙이 아니라 먹어도 그다지."

한성이 가진 모든 것을 내던졌지만 통하지 않았다.

에솔릿의 갈라진 머리는 징그럽게 제자리에서 회전하고 있었다.

마치 자신의 본체는 전혀 타격을 입지 않았고 껍데기를 버린다는 듯이 여자아이의 머리가 완전하게 한 바퀴 돌자 갈라진 머릿속으로부터 무언가 솟구쳐 오르기 시작했다.

화아아아앗!

머리를 내리친 자신의 손에 거대한 기운이 일어나는 것을 느끼는 순간이었다.

챙그랑!

최후를 알리는 신호처럼 자신의 검은 산산조각나며 부서지고 있었다.

"우아아악!"

한성의 검이 그대로 산산조각 나는 것과 동시에 한성의 몸은 거대한 힘에 의해 튕겨 나갔다.

[패시브! 충격흡수! 쉴드! 작동합니다!]

두 개의 스킬 덕분에 즉사하지 않았지만 지금 한성의 귀에는 들려오지도 않고 있었다.

튕겨져 나간 한성이 일어나려는 순간이었다.

"으윽!"

한성의 몸은 움직여지지 않고 있었다.

[마비 스킬 적용되었습니다! 최상급 마비 스킬인 탓에 5초간 움직이지 못합니다!]

마비 스킬만이 아니었다.

[슬로우 스킬 적용되었습니다! 1분간 움직임이 느려집니다!]

[중독 스킬 적용되었습니다! 1분간 랜덤으로 충격과 함께 피를 토해 냅니다!]

[버블 스킬! 레벨의 차이 때문에 적용되지 못합니다!]

한성에게 벌을 내리 듯이 에솔릿의 스킬들은 모조리 한성에게 명중되어 있었다.

마법 공격에 대항할 수 있는 면역이나 보호 스킬들은 스킬 레벨 차이 때문에 적용되지 않고 있었고 가슴에 충격이 전해지며 한성의 입에서는 피가 한 바가지 쏟아 나왔다.

"우웨에어억!"

몸 안에서의 충격보다 아무것도 할 수 없다는 사실이 더 괴로웠다.

불과 5초간의 마비였지만 이미 어떤 지옥이 펼쳐질 지는 눈 앞에서 보이고 있는 것 같았다.

온 몸이 뒤틀리는 가운데 한성이 할 수 있는 일은 몸이 마비된 채 바라보고 있을 수밖에 없었다.

폭발하듯이 솟구쳤던 기운은 이내 한성의 기억 속에 있는 에솔릿의 원래 몸을 이끌어 냈다.

여자아이의 몸은 상대를 방심시키기 위한 위장 스킬 이었고 껍데기나 마찬가지였다.

껍데기는 한성의 공격에 의해 깨져 버렸다.

지금 에솔릿의 거대한 몸이 본체의 모습을 만들며 점점 더 커져가고 있었다.

점점 커져가고 있는 에솔릿의 모습에 모든 플레이어들의 시선 역시 높아지고 있었다.

"아……."

"어억……."

플레이어들은 상상조차 할 수 없는 에솔릿의 몸은 어느새 완성체를 이루고 있었다.

꿈에서도 볼 수 없을 듯 한 외형.

높이 10미터.

메두사를 연상케 하는 머리.

지네의 몸.

여섯 개의 팔이 달린 여인의 상반신.

천상계 최상층에나 보일 듯한 외형의 몬스터가 눈 앞에 나타나고 있었다.

멀찌감치 튕겨 나간 한성이 관심 없다는 듯이 에솔릿은 고개를 흔들었다.

"다른 놈들 보다 강하기는 하지만 디케이를 죽일 정도는 아닌데? 레벨도 만렙이 아니고."

만렙이 아니었으니 먹을 대상이 아니었다.

더 이상 한성에게는 관심 없다는 듯이 에솔릿이 시선을 돌리는 순간이었다.

여자아이의 몸 이었을 때는 시야가 좁았는데 10M 나 되는 거대 몸집으로 변하자 한 눈에 모든 플레이어들의 모습과 레벨들이 보이고 있었다.

에솔릿은 자신도 모르게 환하게 웃으며 소리쳤다.

"우와! 대박이다!"

에솔릿의 눈이 커졌다.

백호와 다른 네 명의 경호원들이 고객들과 함께 달아나고 있는 모습이 보였다.

경호원들의 고객 따위는 보이지도 않았고 그녀의 신경은 온통 레벨에만 집중되고 있었다.

에솔릿은 대박이라는 듯이 눈에 보이는 레벨들을 말하기 시작했다.

"46, 43, 43, 그리고 50!"

흩어져 가는 플레이어들은 돌멩이였고 경호원들은 보석이었다.

돌멩이들 사이에 숨어 멀어져 가는 보석을 놓칠 수 없다는 듯이 에솔릿이 움직였다.

콰과과과광!

에솔릿의 지네와 같은 몸에는 수십 개의 짧은 다리가 붙어 있었는데 수 십개의 다리가 동시에 빠르게 움직이기 시작했다.

먼지를 일으키며 짧은 다리들은 바쁘게 움직이며 거대한 에솔릿의 몸을 보석들로 향하게 했다.

믿을 수 없는 속도였다.

속공 스킬이 사용되지 않았음에도 에솔릿의 움직임은 상위 레벨의 속공보다 빠르게 움직이고 있었다.

거구의 몸집이라고는 생각할 수 없을 정도로 빠른 속도로 움직인 에솔릿의 몸은 순식간에 경호원들을 따라잡았다.

"잡았다!"

다른 이들은 다 놓쳐도 경호원들만큼은 반드시 먹어 치우겠다는 듯이 순식간에 에솔릿은 경호원들의 앞을 가로막았다.

"이익!"

백호는 검을 움켜쥐었다.

이 상황에서 달아나는 것은 불가능하다는 것을 알고 있었다.

마지막 남은 방법은 일격뿐이었다.

백호가 외쳤다.

"플랜 K4!"

백호의 외침에 경호원들은 무기를 꺼내들며 각자 자신의 위치로 움직이기 시작했다.

최고의 위기 상황에서 사용하는 플랜의 외침은 백호가 얼마나 당황하고 있는지를 말해 주고 있었다.

시퍼런 마나의 기운이 휘몰아치는 무기들이 보이고 있었지만 에솔릿의 눈에는 두려움 따위는 보이지 않고 있었다.

'후후.'

클리어 아이 스킬을 사용하고 있는 에솔릿의 눈에는 40레벨이 훌쩍 넘은 자들이 가득 보이고 있었다.

에솔릿은 흥분한 듯이 말했다.

"이거, 정말 기뻐. 나도 내가 얼마까지 강해질 수 있는지 알지 못하는데 말이야. 너희들을 먹으면 식인 스킬이 더 올라갈 것 같아. 총 관리인이 말한 것처럼 나 정말 지상 최고의 최강의 병기가 되는 게 아닐까?"

백호가 소리쳤다.

"공격!"

양 옆의 부하들이 먼저 뛰어 오르며 에솔릿의 시야를 가리려는 공격을 퍼부었다.

한 타임 늦게 중앙의 백호가 뛰어 오르며 심장을 향해 스킬을 발산 시켰다.

오랜 시간동안 호흡을 맞추어 본 이들의 공격은 동시 공격을 할 경우 가장 효율적인 공격을 낼 수 있었다.

덩치가 크다는 것은 그 만큼 빈틈이 많다는 말이었다.

눈, 목, 몸통, 하체 그리고 팔. 각기 다른 부위를 노리는 가운데 공격의 핵심인 백호의 검은 심장을 향하고 있었다.

각기 다른 지점에서 공격이 번쩍이는 가운데 에솔릿의 몸에서는 노란색 마나 쉴드가 형성되고 있었다.

챙! 챙! 챙! 챙! 챙!

마치 방패로 막는 다는 듯 경호원들의 공격이 에솔릿의 몸에 명중이 될 때마다 눈에 보이지 않았던 노란색 빛이 번쩍이며 공격을 막아내고 있었다.

에솔릿의 쉴드가 번쩍이며 경호원들의 공격을 무효화 시키는 순간이었다.

예상했다는 듯이 백호는 당황하지 않고 있었다.

백호의 눈빛이 빛났다.

'확장!'

좌아아악!

한성이 디케이를 상대했을 때 보였던 확장 스킬이 발산되며 검은 에솔릿의 심장을 향해 뻗어 나갔다.

챙그랑!

유리가 깨지는 듯한 소리가 울려 퍼지며 기계음이 들려왔다.

[쉴드 깨졌습니다!]

다른 경호원들의 공격은 에솔릿 주변에서 번쩍 거리고 있는 쉴드들을 부숴버리지 못했지만 백호의 공격만큼은 달랐다.

"뚫었다!"

확장 스킬을 사용한 검은 그대로 쉴드를 산산조각 내며 에솔릿의 심장으로 향했다.

에솔릿의 입에서 처음으로 당황한 짧은 소리가 나왔다.

"아!"

에솔릿의 온 몸에서 폭죽이 터지듯이 빛나고 있던 마나의 기운이 사라져 버렸다.

'죽엇!'

더 이상 쉴드가 없는 상황에서 자신의 검이 무언가를 꿰뚫자 백호는 승리를 확신한 상황이었다.

"어엇?"

쉴드가 깨져 버렸지만 백호의 검은 무언가에게 막혀 버렸다.

검이 에솔릿의 심장을 관통하지 못한 순간 결과는 이미 결정되었다.

네 개의 손은 각각 경호원들을 하나 씩 잡고 있었고 두 개의 손은 백호의 검을 붙잡고 있었다.

다른 경호원들의 공격은 명중될 것을 각오했다는 듯이 바라보지도 않고 있었는데 백호의 공격만큼은 집중해서 막고 있었다.

처음으로 에솔릿의 얼굴에 화난 기색이 보였다.

"위험했잖아?"

백호의 검은 심장 바로 앞에서 멈추어 있었다.

여섯 개의 손 중 하나의 손은 백호의 검을 막아내고 있었다.

백호의 검이 뚫은 것은 심장이 아니라 손바닥이었다.

확장된 검은 손바닥을 뚫었지만 심장에 닿지는 못하고 있었다.

멈추어 있는 것은 백호의 검 만이 아니었다.

백호의 검을 막은 손을 제외하고 나머지 네 개의 손에는 경호원들이 하나씩 잡혀 있었다.

바동거리고 있었지만 경호원들은 꼼짝달싹 못하고 있었고 손에 잡힌 보석 중 가장 아름다운 보석을 쥐겠다는 듯이 비어있던 또 하나의 손이 백호의 몸으로 향했다.

곧바로 에솔릿은 두 손으로 백호를 과일 으깨듯이 움켜쥐었다.

"으아아악!"

상급의 갑옷도 상위의 쉴드도 아무것도 소용없었다.

몇 초간을 버티던 쉴드와 갑옷은 결국 버티지 못하고 산산조각 나버리고 버리고 말았다.

챙그랑!

백호의 몸을 감싸고 있던 노란색 마나 쉴드가 산산조각 나며 사방으로 떨어져 왔다.

마나 쉴드가 깨졌다는 것은 맨몸이나 다름없었다.

비명을 내지를 새도 없이 백호의 몸은 뭉개지고 있었다.

제일 먼저 가장 높은 레벨부터 먹어 치우겠다는 듯이 에솔릿은 백호를 입으로 집어넣었다.

"대장님!"

부하들의 외침에도 불구하고 에솔릿의 입은 가차 없이 닫혔다.

황홀함을 느낀다는 듯이 에솔릿의 얼굴에는 미소가 가득했다.

"아오! 맛있어!"

백호를 맛있게 먹었다는 듯이 입맛을 다시고 있을 그 때였다.

"아야! 퉤퉤!"

무언가 못 먹을 것을 먹었다는 듯이 에솔릿은 입에서 무언가를 토해냈다.

백호의 검이 땅으로 떨어지고 있었다.

원래 에솔릿의 입 속으로 들어가면 플레이어의 몸과 함께 무기와 방어구들은 녹여지게 되었다.

허나 지금 백호가 들고 있는 검은 다른 경호원들이 들고 있는 상급이 아닌 한 단계 위의 영웅등급의 무기였다.

아무리 에솔릿이라 하더라도 영웅 등급의 무기는 녹여낼 수 없었다.

땅위에 영웅 등급의 무기가 떨어졌지만 그 누구도 주울 수 있는 자는 없었다.

한성은 마비가 된 상태로 처참한 광경을 보고 있을 수 밖에 없었고 에솔릿의 손에는 죽음을 기다리고 있는 경호원들이 꿈틀거리고 있었다.

"잘 먹겠습니다!"

네 개의 팔이 동시에 움직이는 것과 함께 네 명의 경호원들이 동시에 에솔릿의 입안으로 들어가 버렸다.

"우와아아아아!"

에솔릿의 입이 닫히는 순간 네 명의 비명은 더 이상 들려오지 않았다.

그때였다.

마비가 풀렸다.

마비가 풀린 한성이 달려 나가려는 순간이었다.

"으윽!"

슬로우 스킬에 걸린 한성의 움직임은 마치 느린 영화를 보는 듯 느리게 움직이고 있었고 속이 뒤틀리는 것을 느끼는 순간 입에서 피를 토해냈다.

버블 스킬은 압도적인 스킬 레벨의 차이를 극복해내지 못한 상황이었다.

피를 토해내며 땅에서 굴러가고 있는 상황에서도 한성의 시선은 땅에 떨어진 백호의 검에게 향하고 있었다.

'마지막 희망.'

자신이 들고 있는 무기로는 그 어떤 공격도 통하지 않을 거라는 사실을 알고 있었다.

지금 상황에서 에솔릿의 몸을 관통 시킬 수 있는 무기는 백호의 검이 유일했다.

슬로우 비디오처럼 움직이고 있었지만 한성은 조금씩 조금씩 백호의 검을 향해 기어가고 있었다.

다행이도 이런 한성은 에솔릿의 눈에 들어오지도 않고 있었다.

지금 그녀의 눈에는 40이상 되는 레벨 소유자들만이 보이고 있었다.

무언가 찾는 다는 듯이 고개를 흔들고 있던 에솔릿이 중얼거렸다.

"한 놈 도망갔는데? 그 놈도 맛있어 보였는데?"

겉으로는 단순한 여자아이처럼 행동했지만 실제 그녀의

머릿속은 냉철했다.

성채 곳곳에서 비명이 울려 퍼지는 가운데 에솔릿은 흥얼거리고 있었다.

"꼭꼭 숨어라 발가락이 보인다!"

과연 지금 건물 안에는 과거 장미 몬스터에게 먹혀 죽었었던 경호원 사내가 입을 막고 숨어 있었다.

"으… 으…."

원래 이 사내는 막내인 탓에 백호가 최후의 일격을 시도했을 때 그룹에서 맡은 자리가 없었다.

뒤쪽에서 보고 있던 사내는 공격이 실패한 즉시 건물 안으로 숨어 버렸는데 에솔릿은 그 움직임을 놓치지 않고 있었다,

숨 소리 하나 새어나가는 것이 아닌지 두 손으로 입을 막고 바닥에 엎드려 있는 사내의 온 몸이 덜덜 떨리고 있었다.

그토록 강했던 백호를 비롯해 부대장까지 모두 학살 당했다.

한성의 조언에 장미 몬스터로부터 살아남았었는데 지금 장미 몬스터와는 비교 할 수 없을 정도로 거대한 괴물이 자신의 곁을 지나가고 있었다.

숨소리 하나라도 새어나갈까 두려운 마음에 두 손으로 입을 막고 있는 가운데 등골이 오싹한 목소리가 들려왔다.

"발가락이 안 보이네."

지나쳐 가고 있던 에솔릿이 걸음을 멈추었다.

사실 에솔릿은 사내가 숨어 있다는 사실을 이미 알고 있었다.

에솔릿이 사용하고 있는 스킬 클리어 아이는 단순히 플레이어의 레벨을 확인할 수 있을 뿐 아니라 생명체의 존재를 확인시켜 주는 기능도 있었다.

건물 안에서 몸을 숨기고 있었지만 에솔릿의 눈에는 건물 속에서 벌벌 떨고 있는 플레이어의 레벨이 감지되고 있었다.

깜짝 놀라게 한다는 듯이 에솔릿은 건물을 향해 소리를 질렀다.

"레벨 41! 당첨되셨습니다!"

"허억!"

창문으로 몸을 숙인 에솔릿이 한쪽 눈을 깜박이며 싱긋 웃었다.

"안 보이면 부숴 버리면 되지!"

중얼거리고 있던 에솔릿의 주먹이 건물을 내리찍었다.

콰과과광!

순식간에 지붕이 날아가 버렸다.

지붕이 사라지며 오싹한 분위기가 흘러 내렸다.

거부 할 수 없는 두려움은 자신도 모르게 고개를 들게 했다.

자신을 내려보고 있는 에솔릿의 눈이 보였다.

"아… 아…."

달아나야 했지만 본능은 달아날 수 없다고 말하고 있었다.

에솔릿은 얼어 붙은 듯이 자신을 쳐다보고 있는 사내를 보며 빙긋 웃었다.

"발가락이 보인다!"

모기를 찍어 누르듯이 에솔릿의 손바닥이 사내의 몸위로 떨어졌다.

비명을 내지를 새도 없이 사내는 즉사를 해 버렸고 에솔릿은 곧바로 피떡이 된 몸을 입 안으로 집어넣었다.

원래 장미 몬스터에게 죽었던 사내는 이렇게 에솔릿의 영양분으로 흡수되는 운명의 끝을 맞이하게 되었다.

전멸.

그건 상대조차 되지 않는 전멸이었다.

식인 스킬은 일종의 조합이나 마찬가지였다.

무조건 많이 먹는다고 강해지는 것이 아니라 얼마나 효율적인 것을 먹는 것에 따라 능력치가 크게 상향이 되었는데 어제와 오늘 에솔릿이 먹은 경호원들은 최고의 재료였다.

와이즈너와 경호원들을 먹어치운 에솔릿은 이미 넘볼 수 없는 몬스터가 되어 있었다.

경호원들이 모두 다 죽자 이제 남은 이들은 플레이어들밖에 없었다.

한성은 마비가 풀렸고 중독 스킬이 풀린 상황이었다.

현재 유일하게 걸려 있는 스킬은 슬로우.

한성의 레벨이 낮았던 탓에 슬로우의 적용 시간은 최장 기간인 5분이었다.

5분.

짧다면 짧은 시간이었지만 지금 5분은 다섯 시간처럼 느껴져 오고 있었다.

느릿느릿한 몸을 이끌며 한성은 여전히 백호의 검을 향해 다가가고 있었다.

혹시나 에솔릿이 눈치 채지 않을까 기어가고 있는 가운데 에솔릿은 마지막으로 확인하겠다는 듯이 주위를 살펴보았다.

한 눈에 모든 플레이어들의 레벨이 보이는 가운데 더 이상 자신이 먹고 싶은 플레이어는 없었다.

이곳저곳으로 갈팡질팡하며 몸을 숨기고 있는 플레이어들을 향해 에솔릿은 팔짱을 끼며 말했다.

"원래 이제 너희들은 죽던 말든 상관없거든? 이제는 내가 먹어도 별로 도움이 안 되니까 말이야. 헌데. 너희들도 다 죽어줘야 돼. 왜냐면 말이야 누군가 나에게 편지를 보내서 와이너즈의 계략을 알려 주었거든? 근데 바꾸어 말하면 말이야. 너희들 중에 누군가가 매그너스에게 내가 강해진 걸 알려줄 수도 있다는 거 아니겠어? 뭐 이미 내가 매그너스보다 훨씬 더 강해진 건 같은데 그래도 후환을 남길 수는 없잖아?"

검을 향해 기어가고 있던 한성은 순간적으로 멈추었다.

말 하나 하나가 비수가 되어 한성의 심장을 도려내고 있었다.

모두를 살리겠다고 한 자신의 의지는 모두를 죽여 버리는 결과를 만들어 내고 있었다.

그냥 이 자리에서 죽어 버리는 것이 나을 것 같았다.

두 주먹으로 땅을 내리찍으며 한성은 외쳤다.

"달아나!"

한성의 외침이 울려 퍼지는 것을 시작으로 모든 플레이어들이 달아나기 시작했다.

"모두 흩어져! 흩어지면 누군가는 살 수 있어! 반드시 반드시 살아 남아!"

한성은 이곳에서 최후를 맞이할 생각 이었다.

자신이 만든 나비 효과는 되돌릴 수 없었다.

이곳에서 에솔릿의 시간을 끌며 죽는 것으로 한명이라도 플레이어를 더 살리는 것이 자신이 할 수 있는 유일한 일이었다.

"꺄아아아악!"

"우아아아아!"

리더 한성의 외침에 플레이어들은 흩어지며 성채 밖으로 달아나기 시작했다.

성채 안에 최고로 두려움을 주는 악마가 있었으니 플레이어들은 밖의 몬스터들을 신경 쓸 겨를도 없었다.

동시에 사방으로 빠져 나간다면 아무리 에솔릿이라 하더라도 모두 다 잡을 수는 없을 거라 생각한 플레이어들이 뿔뿔이 흩어지면 네 개의 입구로 빠져나가는 순간이었다.

뜻밖에도 에솔릿은 팔짱을 낀 채 여전히 움직이지 않고 있었다.

에솔릿은 하늘을 보며 중얼거렸다.

"어이 초딩! 재미있는 장난감 줬으니까 나중에 한턱 쏘라고."

에솔릿의 말이 끝나는 순간이었다.

[씨바 시키들! 잘 걸렸다!]

잠시 잊혔었던 초등학생 관리자의 목소리가 울려 퍼졌다.

복수를 하겠다고 벼르고 있는 초등학생 관리자의 목소리에 이어져 기계음이 울려 퍼졌다.

[몬스터 습격! 한 시간 버티면 승리입니다.]

하루에 한번 랜덤으로 공격해 오는 몬스터의 세팅은 바뀌지 않았지만 그 시간은 의도적인 것처럼 지금이었다.

복수를 하겠다는 듯이 사방에서는 몬스터들이 쉴 새 없이 튀어나오고 있었다.

지금껏 보아왔던 지옥견, 베어맨, 리자드맨 뿐 아니라 하늘에서 까지 가고일이 날카로운 발톱을 내밀며 플레이어들을 유린하고 있었다.

패닉 상태인 플레이어들은 제대로 무기조차 갖추지 못하고 있었다.

리더의 지시도 없고 성채의 보호도 없었으며 경호원들도 없었다.

딜러고 탱커고 아무도 생각조차 하지 못한 채 아무 생각 없이 목숨만을 부지하기 위해 뛰어가고 있는 플레이어들은 몬스터의 사냥감 밖에 될 수 없었다.

쓰러지고 있는 플레이어들의 비명 속에서 분노한 초등학생 관리자의 함성이 울려 퍼졌다.

[슈발! 죽어라! 죽어!]

지난번의 치욕을 되갚겠다는 듯이 초등학생 관리자의 분노의 외침은 더욱더 커지고 있었다.

몬스터들에게 학살당하는 플레이어의 비명이 가득 울려 퍼지고 있었다.

백호의 검을 향해 기어가고 있던 한성의 귀에 기계음이 들려왔다.

[슬로우 해제 되었습니다!]

슬로우 마법이 풀리며 몸을 짓누르고 있던 것 같은 기운이 사라져 버렸다.

한성이 재빨리 뛰쳐나가던 그 순간이었다.

"아!"

쏟아 들어오는 몬스터에게서 달아나고 있던 플레이어들이 무더기로 한성의 앞을 지나쳐 가고 있었다.

거대한 덩어리처럼 플레이어들은 한성의 앞을 가로 막았다.

'이런!'

한성의 눈에는 누군가의 발에 치여 멀어져 가는 검의 모습이 보였다.

손을 뻗을 새도 없이 백호의 검은 플레이어들의 발에 치이고 치여 어디론가 사라져 버리고 있었다.

마지막 실낱같았던 희망이 사라져 버렸다.

순식간에 백호의 검은 사라져 버렸고 한성의 앞에는 늑대인간 몬스터가 이빨을 내보이며 뛰어 올랐다.

"이익!"

일단은 몬스터의 처리가 우선이었다.

콰과광!

한성은 자신이 뽑아낼 수 있는 모든 스킬들을 뽑아냈다.

한쪽 손에 들고 있던 단검에서 빛줄기가 뿜어져 나오며 늑대인간의 목이 잘려 나갔다.

모든 실력을 발휘하면 에솔릿의 주목을 받게 된다는 사실도 혼자서 이 많은 몬스터들을 제압할 수 없다는 사실도 알고 있었다.

답이 보이지 않는 파멸의 순간이었지만 이미 목숨을 던진 한성의 검은 기세가 꺾일 줄을 몰랐다.

한성이 스킬들을 발산하고 있을 때였다.

촤아아악!

퉁! 퉁! 퉁!

스킬들과 크로스 보우의 기운이 뿜어져 나가며 한성을

향해 달려들고 있던 몬스터들이 쓰러지기 시작했다.

'아!'

도움이라고는 있을 수 없었는데 누군가 자신을 도와주었다는 사실에 놀란 한성은 뒤를 바라보았다.

'이들은?'

자신과 함께 싸웠던 평범한 플레이어들이었다.

모두가 달아나는 데에 정신이 없을 줄 알았는데 홀로 싸우고 있는 한성의 곁으로 플레이어들은 하나 둘 씩 모이고 있었다.

창과 크로스 보우를 들고 있는 사내들이 한성의 곁에 서기 시작했다.

"같이 싸웁시다!"

"한명이라도 더 구해 냅시다!"

지난 몇 십일 동안 한성과 같이 시간을 보냈던 플레이어들이 자발적으로 무기를 들고 한성의 곁에 서고 있었다.

한명씩 모이고 모인 플레이어들의 숫자는 어느새 수십명에 이르기 시작했고 이들 역시 죽음을 각오하고 있었다.

'아!'

한성은 크게 놀랐다.

모두가 달아날 줄 알았지만 죽기를 각오한 자들이 있었다.

당연히 이들이 모였다 하더라도 에솔릿과 몬스터들을 제압할 수는 없었지만 이들은 자신처럼 죽기를 각오하며 타인들을 구하려 하고 있었다.

"끝까지 싸울 사람들은 이곳으로!"

한성의 곁으로 레벨이 높은 자들이 하나 둘씩 모이는 가운데 누군가 달아나고 있는 플레이어를 향해 외쳤다.

"우리가 막을 테니 모두 달아나! 반드시 세상에 나가서 우리의 희생을 알려 줘!"

"모두 돌격!"

수비는 완전히 무너져 버렸지만 한성을 중심으로 플레이어들의 저항은 거칠게 반항을 하기 시작했다.

죽기를 각오한 플레이어들의 공격은 마지막 불꽃을 피우고 있었다.

플레이어들의 저항에도 에솔릿은 더 이상 움직이기 귀찮다는 듯이 팔짱을 끼고 있었다.

지켜보고 있던 에솔릿의 귀에 기계음이 들려왔다.

[클리어 아이 스킬. 1분 후 종료 됩니다.]

기계음을 들은 에솔릿은 못마땅하다는 듯이 고개를 갸우뚱 거렸다.

클리어 아이 스킬이 작동되고 있으면 플레이어가 숨어 있다 하더라도 단번에 찾을 수 있었다. 하지만 스킬이 종료될 경우 더 이상 레벨을 확인할 수조차 없을 뿐 아니라 플레이어의 위치 파악조차 제대로 할 수 없었다.

완벽 주의자인 에솔릿은 단 한명의 플레이어도 놓치기 싫었다.

에솔릿은 짜증난다는 듯이 하늘을 바라보며 중얼거렸다.

"이봐 초딩! 너무 느리잖아! 이게 뭐야! 누나가 도와줘? 한명이라도 놓치면 너 엄마한테 이른다!"

에솔릿의 재촉에 초등학생 관리자는 당혹해 했다.

예상대로라면 싹 쓸어 버려야 했는데 한성을 중심으로 플레이어들이 모인 곳은 제대로 공략되지 않고 있었다.

[아이! 씨! 이 시키들이!]

초등학생 관리자의 자존심은 차마 에솔릿에게 도와달라는 말을 하지 못하고 있었다.

모니터를 보며 손가락이 휘날리듯이 움직이고 있었지만 한성의 저항은 쉽게 무너지지 않고 있었다.

오히려 빛나가는 컨트롤에 몬스터들이 자빠지고 있자 에솔릿은 짜증을 냈다.

"어오! 답답해라! 머리를 써야지! 이렇게 죽기를 각오한 놈들에게는 오히려 살 길을 마련해 줘야 돼!"

보다 못한 에솔릿은 직접 움직이기 시작했다.

뜻밖에도 에솔릿이 향한 곳은 한성이 있는 곳이 아니었다.

지금 에솔릿에게 40레벨 미만의 플레이어들은 아무리 강하다 하더라도 전혀 관심이 없었다. 그녀가 원하는 것은 단 하나 클리어 아이 스킬이 사라지기 전에 플레이어들을 모조리 죽이는 일이었다.

쿵! 쿵! 쿵! 쿵! 쿵!

에솔릿의 거대한 몸은 성채 북쪽으로 향했다.

"오읏!"

성채 앞에 도착하는 순간 짧은 기합 소리와 함께 에솔릿의 몸통이 회전하듯이 움직였다.

우우우웅!

에솔릿의 두꺼운 꼬리 부분은 채찍처럼 휘어지며 사정없이 성채에 명중되었다.

콰과과과광!

그 토록 두꺼웠던 성채는 한 방의 공격으로 무너져 버렸다.

성채를 부숴버리는 순간 에솔릿은 플레이어들에게 길을 열어 주겠다는 듯이 한쪽으로 몸을 비켜 주기 시작했다.

곧바로 에솔릿의 목에서 빛이 발산되며 스킬이 발동되었다.

[보이스 스킬! 발동되었습니다. 원하시는 목소리로 10분간 사용 가능합니다.]

[목소리 확대 스킬! 발동되었습니다. 1분간 목소리가 커집니다!]

에솔릿은 몸을 바꿀 수 있는 위장 스킬만 가지고 있는 것이 아니었다.

그녀의 입에서는 기계음이 흘러 나왔다.

[절대자가 주는 자비! 북쪽 절벽 끝에 세이프 타워가 나타났습니다! 타워의 숫자는 30개! 서두르세요! 타워는 여러분을 안전한 곳으로 이동시켜 줍니다!]

지금 에솔릿의 목소리는 기계음과 하나의 오차도 없이 똑같았다.

목소리 확대 스킬과 함께 기계음은 마치 진짜 기계음처럼 모든 플레이어들에게 들려오고 있었다.

눈앞에서 플레이어들이 죽어가는 상황 에서도 세이프 타워 라는 단어는 플레이어의 머릿속에 똑똑히 박히고 있었다.

살 수 있다는 기계음.

처음 생존도에 도착했을 때 샌드맨에게서부터 탈출했었던 세이프 타워.

선착순으로 살 수 있다는 마음속의 외침.

늦으면 죽는다는 당황함.

이 모든 상황이 복합적으로 엮인 가운데 기계음이 에솔릿의 목소리라는 것을 알아차릴 수 있는 플레이어는 없었다.

플레이어들의 외침이 울려 퍼졌다.

"북쪽 성채가 무너졌다!"

"몬스터도 없어!"

"북쪽으로!"

서로 다른 방향으로 흩어지고 있던 플레이어들은 북쪽으로 향해 달려가기 시작했다.

죽기를 각오하고 휘두르는 검과 살수 있다는 희망이 보이는 상황에서 휘두르는 검의 위력은 달랐다.

죽음을 각오하고 있던 플레이어들 역시 흔들리고 있었다.

몇몇 이들은 벌써 이탈을 했고 달아나고 싶다는 생각이 마음속에 스며들었다.

"세이프 타워가 나타났다고 합니다!"

대다수의 플레이어들이 북쪽의 무너진 성채를 지나 절벽 끝으로 뛰어가고 있었다.

한성의 얼굴이 사색이 되었다.

"아, 아니야!"

당연히 세이프 타워 따위는 있지 않았다.

북쪽의 끝에는 절벽만이 있었고 그 밑으로는 검푸른 바다가 기다리고 있을 뿐 이었다.

한성의 시선이 에솔릿에게 향했다.

모든 플레이어들이 북쪽으로 빠져나가는 것을 허락하겠다는 듯이 에솔릿은 한쪽으로 몸을 비킨 채 달아나는 플레이어들을 내버려 두고 있었다.

당연히 에솔릿의 호의 일 수는 없었다.

정신없이 달려가는 플레이어들의 뒤를 향해 한성이 손을 뻗으며 외쳤다.

"속임수다! 가면 안 돼!"

한성의 외침은 소용없었다.

달려나가고 있는 플레이어들의 함성에 한성의 외침은 묻혀 버렸다.

플레이어들은 모두 다 경쟁을 하듯이 북쪽으로 달려가고 있었다.

달아나는 플레이어들을 보고 있던 에솔릿은 잔인한 미소를 짓고 있었다.

'아무리 벌레라도 자기 생명 귀한 줄은 알아요.'

성채 안에 있던 생존자들 거의 대부분이 북쪽으로 빠져나가자 에솔릿은 하늘을 바라보며 말했다.

"초딩! 내가 한방에 무더기로 잡을 테니 잔챙이들 해결해! 한명이라도 놓치면 너 죽는다!"

곧바로 말을 마친 에솔릿이 움직이기 시작했다.

에솔릿은 한 명이라도 더 많은 플레이어들을 모으겠다는 듯이 천천히 플레이어들의 뒤를 따르기 시작했다.

천천히 산책하듯이 걷고 있는 에솔릿이었지만 그녀의 거대한 체구는 감출 수 없었다.

대지의 흔들리는 소리와 함께 달려가고 있던 플레이어들은 뒤를 돌아보았다.

"우와아아!"

"쫓아 온다!"

"빨리! 서둘러!"

에솔릿은 달아나고 있는 플레이어들을 향해 중얼거렸다.

"이제 달아나기는 늦었지."

뒤따라오는 에솔릿을 눈치 챈 몇몇 플레이어들이 흩어지면서 방향을 바꾸었지만 에솔릿의 시야를 피할 수는 없었다.

"내가 먹이 잡을 때 쓰는 스킬이야!"

에솔릿의 볼이 가득 부풀어 올랐다.

푸우우욱!

푸우우욱!

입에서 나온 혀는 개구리 혀처럼 연이어 길게 뻗어 나갔다.

"우와아악!"

끈끈한 액체가 붙어 있는 혀는 플레이어의 몸에 명중되는 순간 몸에 껌처럼 붙어 버렸고 곧바로 혀와 함께 에솔릿의 입을 향해 말려들어갔다.

푸우욱!

푸우욱!

정면의 길이 아닌 양 옆으로 흩어지는 플레이어들을 노리며 좌우로 고갯짓을 하는 에솔릿의 혀가 연이어 뻗어 나왔다.

단 한명도 흘리지 않겠다는 듯이 에솔릿의 움직임을 빨랐다.

개구리가 벌레를 잡아 먹는 것처럼 길에서 이탈을 한 플레이어들은 에솔릿의 입으로 빨려 들어가고 있었다.

에솔릿은 귀찮다는 듯이 말했다.

"맛없어! 맛없어! 그러니까 이탈 하지 말고 한 방향으로 뛰라고!"

한성은 에솔릿의 뒤를 향해 달려가기 시작했다.

자신이 무엇을 할 수 있을지도 몰랐지만 속공을 최대한도로 끌어 올린 한성은 곧바로 에솔릿의 꼬리 부분위로 올라탔다.

에솔릿의 꼬리 위로 올라간 한성은 곧바로 그녀의 몸을 타고 머리 위로 뛰어 올랐다.

"크아아악!"

한성은 울부짖으며 에솔릿의 머리 위에서부터 단검을 내리찍었다.

챙!

머리 역시 쉴드로 보호 되었으며 한성은 연이어 단검을 내리찍었다.

"아악! 아악! 으아악!"

미친 듯이 비명을 지르는 자는 에솔릿이 아닌 한성이었다.

챙! 챙! 챙! 챙! 챙!

연이어 내리 찍는 한성의 공격에도 에솔릿의 비명 대신 노란색 마나 쉴드만이 반짝이고 있었다.

찍어도 찍어도 에솔릿의 몸은 조금의 상처도 나지 않았고 한성의 몸은 곧바로 꼬리 부분으로 미끄러져 내려가게 되었다.

에솔릿은 지금 자신의 몸 위에 있는 한성은 신경 쓰지 조차 않고 있었다.

에솔릿의 눈에는 절벽 끝에서 세이프 타워를 찾는 수

백명의 플레이어들이 보이고 있었다.

깎여진 절벽 위에서 플레이어들은 두리번거리며 있지도 않은 세이프 타워를 찾고 있었다.

죽을힘을 다해 달렸던 플레이어들의 앞에는 절망만이 남아 있었다.

푸른빛을 머금고 있는 바다만이 보이고 있었고 그 어느 곳에서도 세이프 타워는 보이지 않고 있었다.

"어, 어떻게 된 거야!"

"세이프 타워는 어디에 있는 거야?"

플레이어들이 모두 다 한 자리에 모인 그 순간 지금까지 천천히 움직이고 있던 에솔릿의 속도가 높아지기 시작했다.

"아! 저기 온다!"

"꺄아아아악!"

앞쪽은 막혀 있었고 플레이어들은 절벽의 끝으로 몰리고 있었다.

한성의 귀에도 플레이어들의 비명이 들리는 순간이었다.

"멈춰!"

최후의 힘을 다해 내리찍은 단검이 명중되는 순간 이었다.

챙그랑!

한성의 공격이 가소롭다는 듯이 노란 빛의 마나 쉴드가 반짝였고 오히려 전력으로 내려찍은 단검이 산산 조각 나 버렸다.

이것이 한성의 마지막 저항 이었다.

단검이 깨지는 소리와 함께 에솔릿의 외침이 들려왔다.

"싹쓸이!"

달려가고 있던 에솔릿은 제 자리에 멈추며 몸을 돌렸다.

성채를 부숴버렸던 것처럼 에솔릿의 꼬리가 플레이어들을 덮쳤다.

우우우우웅!

거대한 빗자루가 쓸어버리듯이 회전력을 얻은 꼬리가 모여 있던 플레이어들을 한방에 날려 보냈다.

"으아아아악!"

수 백명이 동시에 함성을 내질렀다.

꼬리 위에 있던 한성이 몸은 제일 높게 날려갔고 한성의 눈에는 수 백명의 플레이어들이 절벽 아래로 떨어지는 모습이 보이고 있었다.

아주 짧은 시간이었지만 시간이 정지된 것 같았다.

플레이어들의 죽음을 한 눈에 보라는 듯이 가장 높은 곳으로 날려진 한성의 눈에는 수 백명의 플레이어들이 비명을 내지르며 절벽 아래로 떨어지는 모습이 생생히 보이고 있었다.

아무것도 할 수 없었다.

자신이 그토록 애를 쓴 결과가 에솔릿의 한방에 물거품이 되며 플레이어들은 바다 속으로 떨어지고 있었다.

NEO MODERN FANTASY STORY

2. 절망의 회귀.

회귀의 절대자

2. 절망의 회귀.

바다.

투명한 빛을 아름답게 발산하고 있는 푸른 바다와는 어울리지 않게 바다 속은 플레이어들의 시체가 가득 담겨 있었다.

'멍청한…….'

바다 속에 잠겨 있는 한성은 정신이 들었다.

바다 위로 떨어지며 받은 충격에 순간적으로 의식을 잃어버린 상황이었지만 마지막 광경은 생생하게 기억되고 있었다.

눈을 뜨자 기절한 상태에서 듣지 못했던 기계음들이 쏟아져 왔다.

[패시브! 충격 완화! 발동했습니다!]

[패시브! 쉴드! 작동했습니다!]

바다 속에 있었지만 자신의 몸으로는 단 한 방울의 바닷물도 근접하지 못하고 있었다.

[패시브! 버블 스킬! 패시브로 전환되어 작동했습니다!]

자신의 온 몸 주위로는 버블이 둘러싸여 있었고 바닷물과는 차단된 채 자신은 서서히 물 위로 떠오르고 있었다.

버블 안에 있는 자신이 살았다는 생각이 들기도 전에 한성의 심장이 덜컥 거렸다.

눈 앞의 바다는 가라앉고 있는 시체들과 떠오르고 있는 시체들로 가득 채워져 있었다.

물 보다 시체가 더 많이 보이는 광경은 한성에게 자신이 만든 결과를 보란 듯이 처참하게 펼쳐지고 있었다.

조금의 미동도 없는 플레이어들의 시체는 갈 곳을 모른다는 듯이 물속에서 물고기들의 밥이 되어가고 있었다.

자신 만이 유일하게 버블의 효과를 받으며 떠오르고 있는 가운데 한성의 눈 앞에 시체 하나가 떠오르고 있었다.

한성의 눈과 떠오르고 있던 시체의 눈이 마주쳤다.

'어엇!'

한성의 몸에 소름이 돋았다.

바로 그녀였다.

디케이에게서 죽음을 맞이했던 그녀는 지금 죽은 채로 떠오르고 있었다.

과거 바닥에 처박힌 채 눈을 뜨고 죽었던 그녀는 지금 바다 위로 떠오르며 한성과 눈을 마주치고 있었다.

'왜 그랬어요?'

그녀가 속삭이는 것 같았다.

더 이상 모든 것도 아무것도 생각나지 않았다.

아니 생각하고 싶지 않았다.

자신 역시 가라앉으며 영원히 잠들기를 바랐지만 버블은 자신의 몸을 물 위로 올려 보내 준다는 듯이 서서히 몸을 올려주고 있었다.

바다 속으로 영원히 잠들기를 바라며 한성의 눈에 눈물이 흘러내렸다.

물속으로 가라앉고 있는 한성의 눈에 영혼들이 보이고 있는 것 같았다.

검은 그림자로 변한 원혼들은 하늘로 향하면서 자신의 몸을 한 번씩 통과되고 있었다.

회귀 후 자신이 한 행동이 주마등처럼 머릿속에서 스쳐 지나가고 있었다.

'그건 만용이었다.'

회귀는 자신에게 더 큰 괴로움을 안겨주기 위함이었을지 몰랐다.

나비 효과는 악마 효과의 결과를 만들어 내고 있었다.

버블은 서서히 자신의 몸을 떠오르게 하고 있었는데 기계음이 들려왔다.

[버블! 30초 후에 종료됩니다. 30초 후 부터는 보호가 되지 않습니다. 최대한 빨리 안전 지대로 피하세요!]

아직 수면 까지 떠오르지 않은 상태 이었지만 체념한 한성에게 버블의 종료 시간 따위는 들려오지 않고 있었다.

파멸의 회귀는 절망의 회귀로 끝을 내고 있었다.

'그냥…. 이대로…. 죽었으면…….'

한성은 눈을 감았다.

정신을 잃고 버블 안에서 기절해 있던 한성의 귀로 누군가의 목소리가 들려왔다.

"한심해. 한심해."

"역대 최악이야. 아! 이게 마지막 희망이라니. 절망적이야."

"지금까지 산 것도 기적이야. 오글거려 혼났어. 이런 놈과 같은 자아라는 것이 수치스러워."

"아직 죽지는 않았어. 근데 이런 정신 상태면 회귀 전 보다 먼저 죽겠는데?"

"아! 회귀 전에 인간의 절대자 위치까지 올라서 기대가 가장 컸는데 이게 어떻게 된 거야?"

모두가 한심하다는 듯이 자신을 향해 말하는 소리가 들려오고 있었다.

한성은 눈을 떴다.

'꿈?'

분명 자신은 버블 안에서 보호 받은 채로 바다 속에서 떠오르고 있었는데 지금 주변은 전혀 다른 곳 이었다.

아무것도 없이 하얀색으로만 가득 찬 공간은 현실이 아니라고 말해주고 있었다.

아무것도 존재하지 않는 공간처럼 보이는 곳에는 여섯 명의 사내가 자신을 바라보고 있었다.

한성의 눈이 커졌다.

지금 눈앞에는 자신과 똑같은 모습의 자신들이 서 있었다.

마치 쌍둥이를 연상 시킬 정도로 자신과 똑같은 외모를 가진 자들이 여섯 명이나 서 있었다.

여섯 명 중 다섯 명은 한심하다는 듯이 말하고 있었는데 모두의 표정은 조금씩 달랐다.

냉소를 머금고 있는 자신, 한심하다는 표정을 짓고 있는 자신, 좌절했다는 표정을 짓고 있는 자신, 눈 조차 마주치기를 꺼려하는 자신, 등등 하나 같이 호의적이지 않은 시선을 보내고 있었다.

그때였다.

다른 이들과는 다르게 침묵하고 있던 한명이 굳은 표정을 지으며 자신에게 다가왔다.

한성과 똑같이 생긴 사내가 한성에게 말했다.

"왜 그랬어? 회귀 전처럼 자신만 생각했으면 적어도 인간의 절대자 위치까지는 오를 수 있었잖아? 똑똑히 기억해. 이제 회귀는 없어. 이게 마지막이야."

꿈인지 무엇이 벌어지고 있는 지 알 수 없는 가운데 사내는 한성의 귀에 속삭였다.

"넌 미래를 다 알고 있잖아. 스킬도 다 가지고 있다고. 뭐가 문제야? 인간의 절대자가 아닌 신의 절대자가 되라고. 회귀를 지금부터 다시 시작한다고 생각해. 어차피 죽은 자들은 네 미래에 전혀 영향을 끼칠 수 없는 자들이었어. 벌레들이 죽었다고 네 앞길이 막히지는 않아. 지금 부터가 진짜 회귀야. 나를 믿어. 넌 우리들 중 역대 최강이야. Restart!"

미소 지으며 말하는 자신의 목소리는 악마의 속삭임처럼 들려왔다.

NEO MODERN FANTASY STORY

3. 회귀. Restart!

회귀의 절대자

3. 회귀. Restart!

생존도 99일째.

생존도 마지막 날.

단 한명의 플레이어도 남지 않은 텅 빈 세이프존 A에도 메시지는 울려 퍼지고 있었다.

[생존도 마지막 날입니다. 지금 이 시각부터 교관들은 여러분들의 적입니다. 지금까지 익힌 모든 스킬들과 기술로 살아남으십시오. 12시간만 버티면 여러분은 살아남게 됩니다.]

곧이어 생존도 전역에 마지막 미션이 울려 퍼졌다.

[생존도 마지막 미션! 12시간 동안 교관들로부터 살아남아라!]

보스 몬스터들의 최종전이 끝나고 이제 살았다고 생각한 플레이어들에게는 벼락같은 소식이었지만 세이프존 A에서 반응을 하는 사람은 단 한명도 없었다.

쓸쓸히 바람만 불어오는 가운데 그 누구도 듣는 이들은 없었지만 기계음은 자동으로 세팅이 되어 있다는 듯이 울려 퍼지고 있었다.

[절대자가 주는 팁! 교관들에게는 플레이어들의 위치를 알 수 있는 레이다가 주어집니다. 교관들로부터 달아나세요. 12시간만 버티면 됩니다. Start!]

시작을 알리는 소리와 함께 동굴 안에서 웅크리고 있던 한성의 몸이 움직였다.

자신이 돌이킬 수 없는 나비 효과는 어느 정도 끝난 듯했다.

예측 불가능했던 돌발 상황은 끝났고 이제 자신이 알고 있는 미래가 시작되고 있었다.

원래 예정대로 생존도에서는 마지막 미션이 시작되고 있었고 한성은 천천히 동굴 밖으로 나가기 시작했다.

마음속으로 자신의 차아가 말한 마지막 말이 떠오르고 있었다.

'지금부터 회귀. 미래를 알고 있다.'

자신의 행동으로 인해 엄청난 나비 효과가 일어났다. 자신의 행동으로 인해 죽지 말아야 할 사람들이 죽었지만 정작 자신은 살아남았다.

마음의 의지를 씹어 먹겠다는 듯이 한성은 나지막이 중얼거렸다.

"벌레들이 죽어도 내 앞은 막히지 않는다. Restart!"

에솔릿의 습격 후.

한성이 눈을 떴을 때 한성은 절벽 아래 바위에 몸이 걸려 있는 상황이었다.

잔잔한 파도가 자신의 몸을 때리고 있었지만 전혀 느껴지지 않고 있었다.

마치 악몽에서 깨어나지 못한 사람처럼 한성은 비틀비틀거리며 몸을 숨길 곳을 찾았다.

자신이 살아있다는 사실을 에솔릿은 성채의 게시판을 통해 알 수 있었다.

절벽 아래쪽의 동굴 안으로 들어간 한성은 더 이상 움직이지 않았다.

교관들의 습격이 있을 때까지 보름 가까운 시간이 남아 있었지만 한성은 더 이상 움직이지 않고 몸을 숨겼다.

혹시나 있을지 모를 에솔릿의 클리어 아이 스킬을 피하기 위해 한성은 가장 외진 지점 동굴 안에서 움직이지 않은 채 에너지바로 연명을 하며 몸을 숨겼다.

한성이 몸을 움직인 것은 98일째 보스전이 끝난 후였다.

교관들의 기습이 있다는 것을 알고 있는 한성은 미리 준비를 하기 시작했고 오늘이 마지막 결전의 날이었다.

대부분의 교관들은 플레이어들이 가장 많은 남쪽으로 이동했을 것이 분명했지만 플레이어의 위치를 파악할 수 있는 레이다를 가지고 있는 교관들 중 몇몇은 자신을 지나쳐 가지 않을 것이 분명했다.

교관들의 시작 지점, 스킬, 숫자 이 모든 것은 한성의 머릿속에 있었다.

한성이 대비하고 있는 가운데 섬의 각기 다른 지점에서는 생존도 마지막 미션이 시작되고 있었다.

세이프존 A와 가장 가까운 위치에서 시작하는 교관들은 분주히 준비를 하고 있었다.

"시작하지."

인간사냥을 나서고 있었지만 교관들에게는 여유가 있었다.

교관들에게 제공되는 아이템은 레이다 뿐만이 아니었다.

플레이어들의 위치를 파악할 수 있는 레이다 뿐만 아니라 다른 스킬 까지 제공되어 지고 있었다.

교관 중 한명이 스킬북을 가져왔다.

"세팅 합니다."

교관중 한명이 스킬북을 작동시키자 교관들 주변으로 마나의 기운이 퍼져 나갔다.

잔잔하게 교관들의 몸 주변으로 마나의 기운이 흘러내리자 기계음이 울려 퍼졌다.

[24시간 사용가능한 임시 스킬 작동합니다. 쉴드 생성! 레벨에 상관없이 동급 미만의 무기는 착용한 방어구를 뚫을 수 없습니다. 방어구가 보호 되지 않는 부분은 스킬이 적용되지 않습니다. 동급 미만의 무기에 방어는 보호는 되지만 일부 충격은 전해집니다. 주의하십시오.]

지금 교관들이 착용하고 있는 방어구는 상급.

플레이어들이 생존도에서 구할 수 있는 무기는 사실상 중급이 최고였다.

이런 상황에서 임시 스킬은 이들의 방어구를 더욱더 강화 시켰으니 플레이어들의 무기로는 교관들의 방어구를 뚫는다는 것은 불가능했다.

무기를 떠나서 교관들의 실력과 플레이어들의 실력은 비교조차 할 수 없었으니 교관들은 출전을 앞두고도 여유로움이 흐르고 있었다.

"이제 제대인가? 제대라고 말하기는 뭣 하지만."

"플레이어 한명 당 10억이다. 이번 생존도에서는 생존한 플레이어들의 숫자가 유난히 적어. 더구나 우리는 북쪽에서 시작하니 불리해. 서두르는 것이 좋을 것 같다."

이미 어느 정도 생존도의 상황은 이들에게 전해진 상황이었다.

"오! 10억? 배당금이 높은데?"

"총관리자가 기분이 좋아진 상태야. 보스전의 결과가 역대 최고라고 하더군."

"들었어? 에솔릿이 보스 몬스터의 최종 승자로 결정되었다는군. 매그너스가 전혀 힘을 쓰지 못했다고 해."

"원래 둘의 실력이 비슷하지 않았나?"

"그렇게 생각했는데 무슨 일이 벌어진 것 같아. 매그너스가 일방적으로 학살당했고 에솔릿이 매그너스까지 먹어치웠다네."

"우와. 그럼 엄청나게 강해졌겠군."

"역대 최강이라고 해. 생존도 총 관리자가 크게 흥분했고 에솔릿은 사도 마승지님께 상을 받으러 떠났다더군. 아무래도 최종병기가 완성된 것 같아."

"천상계의 상층도 뚫을지 모르겠네. 죽은 플레이어들에게는 유감이지만 대한민국이 속해 있는 12지역구를 생각하면 어마어마한 이득이 쏟아질지 몰라."

"어쩌면 이걸로 앞으로 생존도는 포식 스킬을 가진 HNPC가 육성되는 장소가 될 지도 모르겠어."

교관들은 눈앞의 플레이어들과의 대결은 관심조차 없다는 듯이 떠들고 있었는데 교관 중 리더인 유창수가 말했다.

"이봐. 쓸데없는 잡담 금지. 목숨이 걸려 있는 일이다. 아무리 하찮은 실력이라도 방심은 금물!"

리더의 말에 교관들은 입을 다문 채 일렬로 섰고 교관 중 한명이 들고 있던 아이템들을 하나씩 던져 주었다.

"챙기십시오!"

〈생존도 레이다〉

반경 3Km 이내에 있는 플레이어의 위치를 파악할 수 있습니다. 생존도 밖에서는 적용되지 않습니다.

〈생존도 디텍터〉

반경 300M 이내에 있는 덫을 파악합니다. 생존도 밖에서는 적용되지 않습니다.

관리자가 플레이어에게 알려준 것은 생존도 레이다에 관한 것 뿐이었지 스킬과 디텍터에 관한 사실은 언급하지 조차 않았었다.

낮은 등급의 무기와 방어구를 가지고 플레이어들은 교관들에게 전혀 위협을 주지 못했지만 NPC로부터 구입한 덫은 달랐다.

폭파 덫이나 화염 덫은 꽤 심한 피해를 주었고 교관들이 죽는 경우가 생긴다면 그건 십중팔구 무기에 의한 죽음이 아닌 덫에 의한 죽음이었다.

리더가 마지막으로 주의를 주었다.

"방어구에 임시 쉴드가 추가되었지만 방심은 금물이다. 방어구는 덫에는 보호되지 않으니 덫에 붙잡히고 방어구가 보호되지 않는 부위를 맞으면 그대로 사망이다. 특히 목 부분을 주의 하도록! 모두 명심해!"

리더의 말에 교관들은 진지한 표정을 짓고 있었지만

마음속으로는 설마하는 생각이 들고 있었다.

레벨과 스킬의 차이가 현저히 나는 상황에서 플레이어들이 방어구의 빈틈을 노린다는 것은 사실상 불가능이었고 디텍터가 있는 이상 덫에 걸릴 위험도 없었다.

"출발!"

출발을 알리는 리더의 목소리에 교관들은 모두 남쪽으로 방향을 틀기 시작했다.

교관들의 숫자는 총 24명.

이들은 6명으로 나뉘어 각기 다른 동서남북 지점에서 시작을 했는데 지금 이들은 세이프존 A가 있던 북쪽 지점에서 시작하는 자들 이었다.

텅 비어 있는 세이프존 A를 확인하고 온 사내가 보고를 했다.

"게시판 확인했습니다! 생존자 1명. 레이다에 나타나지 않은 걸로 보아 성채 안에는 없는 것으로 판단됩니다."

게시판을 확인할 경우 플레이어들의 생존 숫자를 확인할 수 있었는데 현재 세이프존 A의 생존자는 단 1명뿐이었다.

"아! 이럴 수가!"

"설마 했는데 사실이었네. 살아남은 플레이어들은 모두 다 세이프존 B에 모여 있다는 소문 말이야."

"이곳 플레이어들은 바다에서 떼죽음을 당했다고 들었는데 한명은 바다에 쓸려 내려 간 건가?"

허탈함이 가시기도 전에 창수는 명령을 내렸다.

"남쪽으로!"

대장의 명령에 따라 교관들의 발걸음이 남쪽으로 향했다.

현재 생존한 플레이어들이 쏠려 있는 곳은 대부분 남쪽에 위치한 세이프존 B지역.

지금 가도 늦었다는 사실은 알 고 있었지만 적어도 달아났거나 흩어진 자들을 잡을 수 있을 지도 몰랐다.

얼마나 지났을까?

근처에는 플레이어가 없다는 사실에 어느새 교관들의 긴장감은 풀리고 있었다.

"세이프존 B 근방에만 플레이어들이 밀집해 있는데. 남쪽에서 시작한 놈들은 좋겠군. 지금쯤 억수로 돈 벌고 있겠지?"

"세이프존 B의 플레이어들이 어떻게 하느냐에 달렸지. 성채의 문을 닫고 농성을 벌이면 피곤해. 우리가 갈 때 까지 생존해 있을 확률도 있어."

"아! 에솔릿은 왜 이곳에서 플레이어들을 죽인 거야? 우리 몫이 날아가 버렸잖아!"

그때였다.

레이다를 보며 걷고 있던 교관 중 한명이 걸음을 멈추었다.

"가만! 근처에 한명 있다."

레이다는 얼마 떨어지지 않은 곳에 플레이어 한명이 있다는 것을 말해 주고 있었다.

“오! 레벨 38 꽤 높은데? 살아남을 만 하군.”

창수가 말했다.

“위치는?”

“이곳에서 2Km쯤 떨어진 곳입니다. 지형이 좀 불편한 곳이긴 하지만 분명 레이다에 잡히고 있습니다! 아! 서서히 멀어져 가고 있습니다!”

창수는 생각했다.

‘어차피 우리는 북쪽. 지금 가도 다른 교관들에 비해 늦게 도착하게 된다.’

한명이라도 더 챙기는 것이 우선이었다.

리더가 말했다.

“가자!”

❖

얼마 후.

교관들의 리더 유창수는 얼굴을 찌푸리고 있었다.

추격을 시작한 후로 예상보다 많은 시간이 걸리고 있었다.

분명 처음 위치를 파악했을 때 2Km 이내의 거리로 나타났는데 어찌된 일인지 거리는 1KM 이내를 유지하고 있었다.

단순히 남쪽 성채로 가는 길에 죽이고 갈 것이라는 예상과는 다르게 더 깊숙한 곳으로 교관들은 끌려 들어온 상황이었다.

"허억! 허억!"

교관들의 거친 숨소리가 울려 퍼졌다.

어느새 평야는 사라져 버렸고 교관들은 발목까지 파묻히는 진흙 위를 행군하고 있었는데 속공 스킬을 갖추고 있음에도 체력의 소모는 피하지 못하고 있었다.

우거진 나무들로 시야가 좁아지자 교관들의 창수는 고개를 흔들었다.

'이곳은 밀림지형이다. 시야가 좁고 움직임이 불편하다. 한명을 잡는데 시간 소모와 체력 소모가 너무 크다. 물론 그럴 리 없겠지만 이런 곳으로 유인을 한 거라면 곤란한데? 불길한데 그냥 못 본 척 하고 돌아갈까?'

창수가 갈등을 하고 있던 그때였다.

레이다를 보면서 플레이어의 움직임을 주시하고 있던 교관이 말했다.

"반경 50M! 목표물 더 이상 움직이지 않습니다!"

더 이상 달아나지 않겠다는 듯이 플레이어는 멈추었고 교관들이 무기를 쥐는 순간 이었다.

"아! 저기 있다!"

퉁! 퉁! 퉁!

누군가의 외침에 반사적으로 크로스 보우의 분출하는

소리가 울려 퍼졌다.

마나의 빛줄기는 사정없이 나무들을 사라지게 해 버렸지만 순식간에 모습을 드러낸 한성의 모습 역시 순식간에 사라져 버렸다.

교관들의 보고가 울려 퍼졌다.

"앗! 빗나갔습니다! 속공 스킬을 가지고 있는 것으로 판단됩니다!"

"수풀에 가려서 보이지 않습니다!"

창수의 얼굴이 굳었다.

'역시 보통이 아니군.'

생존도에서 플레이어가 속공 스킬을 가지고 있다는 것은 의외의 일이었다.

교관들이 서둘러 한성의 사라진 곳으로 움직이려는 순간이었다.

"잠깐!"

뒤쫓으려는 교관들을 제지 시키며 창수가 외쳤다

"덫 확인!"

리더의 외침에 디텍터를 보고 있던 교관이 답했다.

"없습니다!"

"좋다! 끝내버려!"

앞으로 나가는 교관들을 바라보며 창수는 검을 쥐었다.

'제법 용을 썼다만 이제 끝이다. 네 놈의 무기로는 벨 수 없어.'

덫이 설치되어 있지 않은 이상 두려울 것은 없었다.

리더의 지시와 함께 교관들은 각기 자신의 위치를 잡으며 앞으로 나가기 시작했다.

한성은 슬쩍 몸을 드러냈다.

"저기다!"

급하게 교관들이 추격하는 순간이었다.

선두에서 몇 걸음 걷지도 않는 순간 비명이 울려 퍼졌다.

"우와아악!"

순식간에 지상이 꺼지며 교관 두 명이 함정 속으로 꺼져버렸다.

창수의 눈이 커졌다.

"덫은 없다! 뛰쳐나와!"

아무리 함정이 깊다 하더라도 교관들의 스킬이면 벗어날 수 있을 거라 생각한 창수가 외쳤지만 뜻밖의 일이 벌어졌다.

"으아아악!"

"으아아앗!"

나오기는커녕 오히려 처참한 비명 소리가 연달아 들려왔다.

'이, 이게 무슨?'

함정 안을 살펴 본 교관이 외쳤다.

"으아아아! 함정 안에 식인 꽃이 있습니다!"

함정 속에는 죽창 대신 생명체가 있었다.

한성은 함정 안에 무기를 넣어 두어 봤자 교관들의 방어구를 뚫지 못한다는 사실을 알고 있었다.

덫 역시 디텍터에 감지 될 것이 뻔했으니 한성이 함정 안에 넣어 둔 것은 무기나 덫이 아닌 인간을 잡아먹는 식인꽃 이었다.

1M가 훌쩍 넘을 식인 꽃의 활짝 열린 입은 교관들이 떨어지는 순간 그대로 닫혔다.

"우아아악!"

닫힌 입에서는 진득한 용액이 흘러나오고 있었고 곧바로 붙잡힌 교관들의 몸은 서서히 녹아내리기 시작했다.

단번에 죽는 것 보다 훨씬 더 잔인하게 교관들은 자신들의 몸이 녹아내리는 것을 보면서 비참하게 죽어가고 있었다.

처참한 비명소리에도 아랑곳없이 한성의 눈이 번뜩였다.

'두 명!'

일단 두 명이 사라졌다.

"앗! 저기!"

교관들이 한성을 보는 순간 한성은 허리에 차고 있던 단검 하나를 던졌다.

티이이잉!

정확하게 날아간 단검은 교관의 몸에 그대로 명중되었지만 아무런 위력 없이 힘없이 땅으로 떨어져 버리고 말았다.

단검이 떨어지는 순간 예상대로 교관들은 자신을 따라오

기 시작했다.

자신의 무기로는 방어구를 뚫을 수 없다는 사실을 보여 주었으니 교관들은 근접하기만 하면 무조건 이긴다는 생각으로 가득 차 있었다.

"잡아!"

"발 조심해! 또 다른 함정이 있을지 모른다!"

뒤에서 따라오는 발걸음 소리를 듣는 순간 곧바로 몸을 틀은 한성은 들고 있던 단검으로 곁에 있던 나뭇가지의 줄을 끊었다.

촤아아아악!

이번 함정은 아래가 아니라 위쪽이었다.

교관들이 함정을 살펴보며 한성을 따라오는 순간 나무 위에 줄기로 묶어 놓은 죽창과 나뭇가지들이 연달아 덮치듯이 쏟아져 왔다.

방어구를 뚫지 못하는 죽창이었지만 몸의 반사 신경은 그대로 작동하고 있었다.

"이이익!"

촤아아앗!

교관들의 검이 본능적으로 죽창과 나뭇가지를 베는 순간이었다.

"어억!"

갈라진 나뭇가지가 땅에 떨어지기도 전에 한성은 바로 눈 앞에 나타나 있었다.

"우와앗!"

교관들의 시야를 순간적으로 가리는 것으로 함정의 역할은 충분했다.

'목!'

한성의 시선은 교관의 유일한 약점 부위인 목으로 향하고 있었다.

한성의 손에 들려 있던 단검이 아래로부터 솟구쳤다.

단검은 교관들의 투구와 갑옷 사이의 약점 부위인 목에 그대로 명중되었다.

퍼어어억!

"우우우욱!"

'셋!'

목의 빈틈에 단검은 여지없이 꽂혔고 사내가 바닥에 쓰러지기도 전에 한성의 몸은 정글 속으로 사라졌다.

"제길! 어디야?"

레이다는 반경 10M이내에서는 위치 파악이 불가능했다.

전혀 예상하지 못했던 함정이 설치되어 있고 순식간에 동료 세 명이 사라지자 교관들은 멈칫 거렸다.

밀림 지대에서 동물들이나 잡을 덫에 교관들은 속수무책으로 당하고 있었다.

"움직이지 마! 곳곳이 함정이다!"

마나의 기운도 없고 폭발력도 없는 함정이었지만 교관들은 더욱더 당황해 하고 있었다.

'이, 이런 이따위 원시적인 덫을!'

지금 교관들이 당하고 있는 덫은 NPC에게서 구입한 덫이 아닌 한성이 스스로 자연을 이용해 만든 덫이었다.

나뭇가지와 줄기를 이용해 만든 덫이었으니 당연히 디텍터에 감지 될 리가 없었다.

그때였다.

한성은 수풀 속에서 엎드린 채로 조금씩 조금씩 목표물을 향해 다가가고 있었다.

창수의 외침이 울려 퍼졌다.

"놈은 무기가 통하지 않는다는 것을 알고 있다! 모두 목 보호! 목만 보호하면 안전하다!"

교관들은 리더의 지시에 따라 모두 목을 보호하고 있었는데 정작 지금 한성의 노림수는 달랐다.

2시간의 쿨 타임이 있는 유일한 마법 스킬을 발산 시키려 한성은 검은 들어 올렸다.

아무리 중급 등급의 검이라 하더라도 스킬을 발산 시킬 수는 있었다.

'불꽃의 검!'

한성의 검에서 불꽃이 일어나기 시작했다.

무기는 통하지 않았지만 화염은 가능했다.

교관들의 쉴드는 물리 공격에만 보호가 되었으며 화염 공격은 마법 공격이었다.

불꽃의 검 스킬의 화염은 사람들에게는 큰 위력을 줄 수 없었지만 식물들에게는 달랐다.

한성이 겨눈 곳은 교관이 몸을 감추고 있는 나무였다.

화르르르릇!

불꽃은 하늘로 승천하는 용의 모양의 만들며 그대로 교관 주변에 있는 식물들을 태우기 시작했다.

순식간에 불길이 번지며 교관 중 한명의 몸에 불이 붙었다.

"우아아악!"

사내는 땅위로 몸을 뒹굴면서 불을 끄기 시작했고 급하게 외쳤다.

"정수! 정수!"

곧바로 곁에 있던 교관 한명이 정수를 꺼내 들고 동료에게 달려가기 시작했다.

동료를 구하기 위해 달려가는 교관은 무방비 상태였다.

'지금!'

수풀 속에서 숨어 있던 한성이 뛰쳐나왔다.

화염공격은 동료를 끌어내기 위한 미끼였고 진짜 공격은 지금이었다.

"우왓!"

맹수가 먹이를 덮치듯이 뛰어 오른 한성은 한손으로는 교관의 머리를 젖혔고 그와 동시에 다른 한손에 들려 있는 단검은 여지없이 교관의 목에 꽂혔다.

푸우우욱!

깊게 찔러지는 단검에 비명 소리조차 새어나오지 못했다.

'넷!'

교관의 죽은 몸을 던져 버리자 마자 한성의 발끝으로 빛이 반짝였다.

'속공!'

한성의 몸은 그대로 수풀 속으로 숨어 버렸고 창수의 얼굴에는 당황함이 가득해 졌다.

"으아아아! 정수! 정수!"

온 몸에 화상을 입고 고통스러워하는 사내의 비명이 울리고 있었지만 창수는 침착했다.

순식간에 교관 넷이 죽어 버렸다.

남은 교관은 화염에 휩싸여 전투 불능이 된 사내와 자신밖에 없었다.

넓은 평지였다면 단번에 한성의 몸을 찾았을 수 있었지만 지금 같은 상황에서는 달랐다.

생각 같아서는 단번에 한성이 숨은 수풀 쪽을 향해 달려가고 싶었지만 다리는 쉽게 움직이지 못하고 있었다.

이렇게 시야가 좁은 곳에서 어디에서 또 나올지 모르는 함정이 있다고 생각하니 불안감은 몸을 움츠리게 만들고 있었다.

수풀 속에서 몸을 숨기고 있는 한성의 시선은 마지막으로 남은 리더를 바라보고 있었다.

'불안하지? 최고의 스킬을 뿜어내.'

한성의 예상대로 창수는 움직이고 있었다.

초조함과 불안 이 모든 것에 의지할 것은 자신이 가지고 있는 최고 스킬 뿐이었다.

"이익! 이 놈!"

이를 악문 창수가 검을 뽑으며 소리쳤다.

"모조리 날려 주마!"

보이지 않는다면 눈앞에 있는 모든 것을 날려 버리면 그만 이었다.

한성이 사라진 쪽으로 스킬이 발산 되었다.

"흑풍!"

촤아아악!

교관들이 가지고 있는 스킬 중 최고의 발산 되며 사방의 나무들이 검은 기운과 함께 잘려 나갔다.

먹물 같은 검은 기운이 사방을 뒤덮여 버리고 사방 곳곳에 있던 함정들을 날려 버리는 순간 이었다.

'지금!'

보통 주변을 암흑으로 만들어 버리는 흑풍의 공격에 놀란 상대방은 몸을 움츠리는 것이 일반적이었는데 한성은 달랐다.

검은 기운이 사방을 덮는 순간 기다렸다는 듯이 한성의 몸이 뛰쳐나가기 시작했다.

이렇게 위력적인 공격이라면 몸을 사리는 것이 당연했지

만 어둠속에서 숨어 있는 검의 궤도를 본 한성은 역으로 뛰어 들고 있었다.

지금 상황에서 사방을 어둡게 만드는 것은 오히려 한성 쪽에게 유리한 상황이었다.

어둠의 기운은 자신들이 들고 있는 검의 진짜 공격을 숨기려는 의도이었는데 지금 상황에서는 오히려 한성의 모습을 가려주는 역할을 하고 있었다.

어둠이 걷히기도 전에 한성의 몸이 눈앞으로 나왔다.

"우웃!"

창수가 본능적으로 웅크리며 한 팔로 목을 보호하는 순간 이었다.

지금 한성의 손에 무기는 들려 있지 않았다.

플레이어 주제에 감히 교관을 향해 맨손으로 달려들 거라고 생각할 수 있는 사람은 없었다.

당연히 단검이 목을 노릴 거라는 예상과는 다르게 맨손을 본 창수가 순간적으로 멈칫 거리는 순간 이었다.

한성의 한쪽손이 창수의 검을 든 손을 꺾는 것과 동시에 다리를 걸었다.

"우와아앗!"

창수가 넘어지는 순간 상대의 몸 위에 올라탄 한성은 곧바로 상대의 팔을 꺾어버렸다.

두두둑!

뼈 부러지는 소리와 함께 비명이 울려 퍼졌다.

"크아아아!"

무기는 통하지 않았지만 꺾을 수는 있었다.

통하지 않는 무기 보다는 맨손이 더욱더 위협적인 무기였다.

무기를 이용한 물리 타격이 아닌 유술의 기술은 레벨의 부족함을 채워주고 있었고 교관의 쉴드를 무용지물로 만들고 있었다.

한쪽 팔을 쓰지 못하게 된 상황에서 바닥에서 바동거리고 있는 창수는 더 이상 적수가 될 수 없었다.

교관을 깔아뭉갠 순간 한성은 뒤춤에 차고 있던 손도끼를 꺼내 들었다.

절망의 늪에 빠져 있는 창수의 눈에 번쩍거리고 있는 도끼가 보였다.

정신이 없는 가운데에서도 한성의 도끼가 어디를 노릴지는 알고 있었다.

"이힉!"

본능은 곧바로 반응했다.

창수가 부러지지 않는 한 팔로 목을 감싸며 보호하는 순간 이었다.

'증폭!'

화아아앗!

증폭 스킬을 머금은 도끼는 가차 없이 팔을 내리찍었다.

챙!

"아아아악!"

쉴드가 반짝이는 소리와 함께 비명 소리가 울려 퍼졌다.

임시 쉴드는 보호는 가능했지만 충격까지 흡수해 주지는 못하고 있었다.

아무리 갑옷과 쉴드가 보호를 해주고는 있었지만 충격만큼은 생생하게 팔에 그대로 전해져 오고 있었다.

'치워!'

말 한마디 내뱉고 있지 않았지만 의지는 충분히 전해져 오고 있었다.

마치 망치로 못을 박듯이 감정 없는 시선으로 한성의 도끼는 쉼 없이 내리찍고 있었다.

챙! 챙! 챙! 챙! 챙!

목을 감싸고 있는 팔을 치우라는 듯이 한성의 공격에 비명만이 연이어 울려 퍼졌다.

"아악! 아악! 아악!"

쉴드가 보호해 주고는 있었지만 한번 내리찍을 때 마다 팔에는 커다란 고통이 전해져 오고 있었다.

마침내 위에서 찍어 내린 도끼의 충격에 막고 있던 팔은 마비가 되며 목 아래로 힘없이 떨어지고 있었다.

아무런 보호도 되어 있지 않은 목을 향해 한성이 마지막 일격을 가하려는 순간이었다. 사내는 절규했다.

"아악! 죽이지 마! 난 기다리는 아내와 딸이 있다고!"

절규에도 일체의 주저함은 없었다.

한성의 도끼가 그대로 목을 향해 내리찍어졌다.

퍼어억!

"크아아악!"

피가 솟구치는 가운데 한성의 머릿속에서는 죽인 상대의 숫자만이 떠오르고 있었다.

'다섯!'

이제 단 한명 남았다.

교관들의 리더를 제거한 한성은 몸을 일으키며 마지막 남은 사내를 바라보았다.

근처에 떨어진 정수로 응급 처치를 한 듯이 사내의 몸에 붙어 있던 불길은 꺼져 있었다.

다만 화염에 휩싸인 충격에서 벗어나지 못한 듯이 사내는 자리에서 일어나지도 못한 채로 전투의지를 잃은 상태였다.

머리를 보호하고 있던 헬멧 역시 정수 치료를 위해 벗어던진 상황이었고 무기도 없이 자리에서 일어서지도 못한 상황이었다.

사내는 연신 거친 기침을 토해냈다.

"쿠, 쿨럭! 쿨럭!"

사내가 물었다.

"너, 처음부터 우리를 기다리고 있었지?"

한성은 대꾸 없이 도끼를 든 채 천천히 다가갔다.

한성의 시선은 사내의 한쪽 손으로 향하고 있었다.

결혼반지인 것처럼 사내의 왼손 네 번째 손가락에는 반지가 끼어져 있었는데 사내의 왼손이 미묘하게 자신을 향해 겨누어지고 있었다.

다가오는 한성을 향해 사내가 눈물을 흘리며 말했다.

"우리에게 디텍터가 있다는 사실, 무기가 통하지 않는다는 사실. 약점 부위가 목이라는 사실, 대장의 흑풍 스킬까지. 그 모든 걸 알고 있으면서 계산해서 행동했어. 넌 뭐지? 아니 이 정도 실력이면 굳이 우리를 죽이지 않아도 되었잖아? 그냥 12시간 동안 달아나면 그만이었잖아? 왜 죽인거야? 난 결혼한 지 1년도 안됐어. 살려줘. 부탁이야."

사내는 왼쪽 손의 반지를 보이며 말했는데 한성이 담담히 말했다.

"왼쪽 손목에 암기를 숨기고 있다는 사실도 알고 있다."

"허억!"

놀란 사내가 재빨리 왼쪽 팔을 움직이는 순간이었다.

한성은 도끼를 던졌다.

퍼어억!

이마에 정통으로 도끼가 꽂히는 순간 사내는 눈을 뜨고 그 자리에서 죽어 버렸다.

❖

시간은 빠르게 흘렀다.

어느새 날은 어두워지고 있었다.

[종료 5분 전! 5분 남았습니다! 5분만 버티면 여러분은 사실 수 있습니다. 힘내세요!]

기계음이 울려 퍼지는 가운데 한성은 묵묵히 걷고 있었다.

지금 상황에서 근처에 교관들이 있을 리는 없었다.

대부분의 교관들은 세이프존 B로 집중되었을 것이 분명했다.

A지역에서 시작한 교관들이 모두 다 죽었으니 자신에게는 이미 끝난 상황이나 마찬가지였다.

걷고 있던 그의 머릿속에는 과거의 기억이 떠올랐다.

당시 자신은 교관들로부터 달아나고 있었는데 마지막 몇 분을 남기고 교관들에게 일격을 당한 후 의식을 잃었었다.

생존도에서 가장 위험한 시간이 마지막 10분이었는데 지금은 위기라는 것은 전혀 찾을 수 없을 만큼 평온했다.

한성은 세이프존 A 안으로 들어갔다.

폐허로 변해 버린 성채의 중앙에는 NPC들만이 남아 있었다.

NPC들은 여전히 아무런 표정의 변화도 없이 자신을 바라보고 있었다.

한성의 눈에 무언가 반짝이는 것이 보이고 있었다.

주인을 잃은 백호의 검이 보이고 있었다.

다가간 한성은 검을 들어 올렸다.

아이러니 하게도 검은 회귀 전처럼 자신에게 돌아왔다.

게시판이 눈에 들어왔다.

[세이프존 A 생존자 1명.]

단 한명.

세이프존 A의 생존자는 자신이 유일했다.

기계음이 울렸다.

[종료 1분. 마지막 1분입니다.]

지금 이 순간에도 생존도 어딘가에서는 최후의 일격을 날리는 교관과 플레이어들의 사투가 벌어지고 있을 것이 분명했다.

과거에는 교관들과의 일격에 부상을 입고 쓰러진 탓에 종료를 알리는 마지막 음성은 듣지 못했었다.

당시 듣지 못한 기계음은 지금 또렷이 들려오고 있었다.

[생존도의 100일이 지났습니다. 살아계신 분들 모두 다 축하드립니다. 이제 여러분들의 앞에는 달콤한 천국이 기다리고 있을 겁니다. 다시 한 번 진심으로 귀환을 축하드립니다.]

생존도 100일.

악몽의 끝을 알리는 소리가 생생히 들려오고 있었다.

NEO MODERN FANTASY STORY

4. 해븐 조선.

회귀의 절대자

4. 해븐 조선.

서울.

대한민국.

생존도에서 돌아온 지 일주일이 지났다.

마지막으로 들었던 기계음이 떠올라 왔다.

[내일까지는 자유 시간입니다. 푹 쉬세요. 일주일 뒤 환영식이 있습니다. 우리가 찾아갑니다.]

집으로 돌아왔지만 고아 출신인 자신을 반겨주는 사람은 없었다.

한성은 그대로 침대 위에 몸을 던졌다.

긴장감이 풀리며 잠이 들고 있던 한성에게는 생존도의 일들이 스쳐 지나갔다.

자신이 일으킨 나비효과는 엄청난 파급효과를 일으켰고 섣불리 움직였다가는 어떤 결과를 초래하는 지 분명하게 보여주었다.

죽지 말아야 할 사람들이 죽었고 결과적으로는 자신의 효과로 인해서 생존한 사람들의 숫자는 더욱더 줄어들게 되었다.

달력을 바라보았다.

2026년.

아직까지 세상은 절대자에게 순응하며 살고 있는 시기였고 본격적인 저항이 일어나는 것은 내년 이었다.

'레벨업. 자금, 그리고 동료.'

한성의 머릿속으로는 앞으로의 계획이 그려지고 있었다.

온 몸에 긴장감이 풀려버린 한성은 그대로 잠이 들었고 일주일이라는 시간은 생존도의 1시간처럼 쏜살같이 지나가 버렸다.

아침이 밝자마자 벨 소리가 울렸다.

문을 열자 미모의 아가씨가 보이고 있었다.

반듯한 정장을 갖추어 입은 여자는 눈 마주치는 것 조차 조심스러워 한다는 듯이 고개를 숙이며 공손히 인사를 했다.

"설수아라고 합니다. 최한성님의 비서로 배정되었습니다. 잘 부탁드립니다."

곧바로 여자는 손에 들고 있던 양복과 작은 상자를 내밀었다.

“환영회에 가실 초대장과 복장입니다. 갈아입고 나와 주세요. 밖에서 기다리겠습니다.”

한성의 시선이 인사를 하고 사라져가는 여자에게 향했다.

‘바뀌었다. 그리고 낯설다.’

과거 자신은 생존도에서 돌아왔을 때 큰 부상을 입은 탓에 곧바로 집으로 오지 못했고 병원으로 직행했었다.

한 달간의 치료를 받은 탓에 환영식에도 참가하지 못했고 한 달 후부터 8급 관리인으로 시작하게 되었는데 그 당시 자신에게는 운전기사는 주어졌지만 비서는 없었다.

분명 자신이 알기로 비서는 6급 이상의 관리자들이나 얻을 수 있는 혜택이었는데 이제 갓 생존도를 벗어난 자신에게 이런 대우를 해주는 것은 의외였다.

자신의 행동 때문에 나비 효과가 일어난 것인지 몰랐는데 분명 과거 자신의 운전기사는 윤호섭이라는 사내로 40대 후반의 사내였는데 지금은 어찌된 일인지 그때와는 다르게 미모의 아가씨가 배정되었다.

한성은 손에 든 양복을 바라보았다.

양복에는 나비 효과가 일어나지 않은 것처럼 기억 속 그대로의 고급 양복이었다.

한성은 양복과 함께 온 작은 상자를 열어 보았다.

명품 시계와 함께 신용카드가 들어 있었다.

[월급을 제외하고 제공되는 카드입니다. 한 달에 1억 까지 사용가능합니다. 마음대로 쓰세요.]

금액 역시 달라져 있었다.

과거 삼천만원이 한도였던 카드는 일억으로 상향되어 있었다.

자신을 높게 평가한 것인지 무슨 일이 있는지는 몰라도 모든 조건들이 과거 보다 훨씬 더 상향되어 있는 상황이었다.

반가운 일은 아니었다.

기대가 높아진 것은 그 만큼 자신에게 집중되는 시선이 많아졌다는 것을 의미했다.

신용카드 역시 마찬가지였다.

아직 대부분의 각성자들이 알지 못하고 있었는데 각성자들에게는 감시관들이 비밀리에 붙어 있었다.

상급의 관리자가 되기 위해서 필요한 것은 실력만이 아니었다.

감시자들은 각성자들의 됨됨이까지 비밀리에 평가했는데 신용카드의 사용 내역은 그 사람을 감시하는 용도로 사용된다는 것을 한성은 알고 있었다.

세상에서 절대자에 대한 저항이 시작되는 것은 내년.

일단은 눈에 띄지 않는 것이 신상에 좋을 것 같았다.

준비를 끝낸 한성은 밖으로 나왔다.

고급 승용차가 대기하고 있었다.

뒷좌석에 앉자 설수아가 말했다.

"출발하겠습니다. 자율모드로 이동하겠습니다."

자율주행 모드로 세팅 된 자동차가 움직이는 것과 동시에 내비게이션의 음성이 흘러 나왔다.

[목적지까지 예상 도착시간은 46분입니다.]

한성은 창문 밖의 풍경을 바라보았다.

절대자가 새로운 세상을 만든 후.

혼란과 공포로 가득했던 세상은 불과 몇 년 만에 안정을 찾게 되었다.

모두의 예상을 뒤집고 절대자의 통치는 세상을 밝게 했다.

전 세계의 모든 불법자금은 절대자에게 상납되었으며 빈부의 격차는 여전히 존재했지만 전 세계의 모든 가난과 굶주림은 사라져 버렸다.

모두가 예상한 공포의 정치와는 다르게 세상은 밝아졌고 그것은 대한민국 역시 마찬가지였다.

재벌의 상한선 제한. 징병제 폐지. 최저임금 3만원. 국립학교 학자금 무료. 무료 의료화 등등 세상은 과거에는 상상 못할 일들이 벌어지고 있었다.

국가 간의 위험이 사라져 버렸으니 전쟁이 사라졌고 군대가 사라졌다.

군대가 사라져 버렸으니 징병 제도가 있을 리 없었다.

징병제 폐지 뿐만 아니라 해마다 막대한 돈을 쏟아 붓던 국방비의 예산까지 복지에 쓰게 되었으니 10년전 대한민국에서 유행하던 헬조선이라는 말은 자연스럽게 사라진 상황이었다.

한성의 시선이 창밖의 사람들에게로 향했다.

헬 조선의 시대가 끝났다는 것을 말해 주듯이 곳곳에 보이고 있는 사람들의 표정은 밝았다.

생존도의 지옥과는 비교할 수 없을 정도로 밝은 표정의 사람들은 과연 이것이 같은

지구에서 일어나는 일인지라는 의구심까지 갖게 했다.

각성의 의무라는 인간으로서는 생각조차 하기 힘든 악랄한 법이 존재를 했음에도 사람들은 절대자에게 순응했고 평화로움을 만끽하고 있었다.

지금 자신 역시 마찬가지였다.

불과 일주일 전만 하더라도 자신은 피냄새와 살육이 진동하던 생존도에서 생존을 위해 투쟁을 하고 있었다.

아늑한 고급 자동차에 미모의 아가씨가 운전을 하고 있는 상황은 일주일 전 자신의 처지와는 정 반대의 세상 이었다.

설수아가 말했다.

"TV 시청하시겠습니까?"

승용차 뒷좌석에 마련된 스크린이 켜졌다.

한성의 눈에 자막이 들어왔다.

[속보! 대한민국 던전 26층 돌파! 일본에 이어 12지역구 두 번째. 세계 15번째로 입장 성공!]

절대자의 세상이 시작된 후.

세상의 모든 경제와 부의 흐름은 정수와 아이템을 만들 수 있는 몬스터의 사체이었다.

정수와 아이템을 구할 수 있는 곳은 두 곳이 있었는데 바로 천상계와 지하계였다.

천상계는 단 하나의 거대한 장소 이었고 절대자가 있는 곳 이었다.

회귀전 자신이 최종 전투를 벌였던 곳 역시 천상계였고 현재 천상계에는 국가에서 공인된 자들만이 갈 수 있었다.

지하계는 달랐다.

각 나라마다 하나씩 지하계로 들어갈 수 있는 아티팩트가 만들어졌고 일종의 던전이나 마찬가지였다.

천상계에 비해 훨씬 더 난이도가 낮은 지하계 던전은 아직 끝을 모르고 있는 상황이었는데 대한민국은 26층까지 돌파한 상황이었다.

당연히 더 깊은 던전으로 들어갈수록 획득할 수 있는 금액은 더 컸다.

자신의 기억으로는 26층은 상당히 까다로운 지라 수 년이 더 걸렸는데 뜻밖의 일이 벌어지고 있었다.

갑작스러운 변화에서 생각할 수 있는 것은 딱 하나였다.

'에솔릿.'

생존도 보스 몬스터들의 승자는 천상계나 지하계로 보내졌는데 에솔릿은 원래 존재하지 않아야 되는 보스 몬스터였다.

26층을 이렇게 빨리 뚫었다는 것은 에솔릿을 사용했다는 것 외에는 생각할 수 없는 일이었다.

생존도 밖으로 나왔지만 자신이 만든 나비 효과는 끝이 없다는 듯이 이어지고 있었다.

그때였다.

연이어 화면이 바뀌며 또 다른 속보가 들려왔다.

[속보! 김명수 대한민국 관리자 사퇴!]

전 세계가 12개의 지역구로 나뉘게 된 후.

대한민국은 북한, 대만, 일본과 함께 12지역구로 편성되었는데 12지역구의 수장이라 할 수 있는 자가 사도 마승지였고 대한민국의 총 관리자는 김명수라는 인물이었다.

김명수는 무능하지도 유능하지도 않았던 인물이었다.

원래대로라면 임기를 채우고 사퇴하게 되었는데 자신의 나비효과 때문인지는 몰라도 어쩐 일인지 그는 사퇴를 하였다.

대한민국 관리자라는 위치는 사실상 대통령이었다.

국민의 투표가 아닌 절대자의 임명에 의해 선출된 자가 그 지역을 다스리게 되었는데 대통령이나 마찬가지인 인물이 예고도 없이 하루아침에 교체되어지고 있었다.

의문이 들었다.

에솔릿의 출현으로 그토록 힘들었던 던전을 뚫었다면 오히려 상을 받아야 했는데 지금 사퇴라는 정 반대의 일이 벌어지고 있었다.

연이어 속보가 이어졌다.

[속보! 대한민국 관리자 후임에 포돌스키 관리자 임명!]

낯익은 이름이 들려오자 심장이 덜컥 거렸다.

TV의 화면이 바뀌었다.

백인 사내의 모습이 보이고 있었다.

사내의 얼굴을 보는 순간 한성의 눈이 고정되었다.

'포돌스키.'

30대 초반.

서양인 치고는 상당히 외소한 몸.

그리고 천재.

입가에 웃음을 가득 머금고 있는 사내는 한성이 알고 있는 사내였다.

현장에 나와 있는 여자 아나운서의 말이 들려왔다.

[김명수 대한민국 관리자의 사퇴에 이어 파격적인 인사가 진행되었습니다. 대한민국의 새로운 관리자로 임명된 … 어멋?]

백인 사내의 얼굴이 보였다.

당황한 여자 아나운서의 짧은 비명소리와 함께 백인 사내는 여자 아나운서가 들고 있던 마이크를 빼앗듯이 쥐며 말했다.

[아! 실례합니다. 지금 생방송이지요? 국민들께 짧게 인사드릴게요.]

사내의 입에서는 유창한 한국어가 나오기 시작했다.

[안녕하십니까? 포돌스키라고 합니다. 저는 형식적인 것과 체면 차리는 것을 싫어하니 짧게 인사드리겠습니다. 저는 폴란드 출신이기는 하지만 어머니가 한국분이시라 한국적인 사고방식을 가지고 있고 한국말도 잘합니다. 어머니의 나라인 대한민국의 관리자가 되어서 영광스럽게 생각합니다. 뭐. 순수 한국인도 아닌 주제에 갑작스럽게 대한민국 관리자에 임명되었으니 상당히 당황하실 거라 생각합니다. 아직 어린 나이이고 믿을 수 있는 업적은 없습니다만 이거 하나는 분명하게 말씀드리겠습니다. 해븐 조선! 헬 조선이 아닌 해븐 조선을 만들겠습니다! 희망과 사랑이 넘치는 대한민국! 저 혼자의 힘으로는 부족합니다. 사랑하는 국민 여러분 모두 저에게 힘을 주세요. 우리 모두 함께 사랑을 만들어요!]

오글거리는 말이 끝나는 순간 윙크와 함께 사내는 꾸벅 한국식으로 인사를 한 후 사라져 갔다.

예정에 없던 갑작스러운 포돌스키의 등장에 이어 직접 소개까지 하자 방송에서는 소란스러운 소리가 들려오고 있었다.

마치 방송 사고라도 난 듯이 주변이 소란스러운 가운데 한성은 굳은 표정으로 지켜보고 있었다.

원래 포돌스키는 폴란드의 총 관리자였다.

6지역구에 편성된 폴란드는 상대적으로 영국, 스페인, 프랑스가 속한 4지역구에 비해 떨어지는 위치에 있었는데 포돌스키는 단 5년 만에 폴란드 뿐만 아니라 6지역구를 유럽 최고의 지역구로 끌어 올린 인물이었다.

항상 입가에 웃음을 머금고 있어서 스마일 맨이라는 별명까지 가지고 있는 그였지만 그의 잔인함과 냉철함을 한성은 잘 알고 있었다.

훗날 6지역구의 사도로 임명된 그는 수많은 저항군들을 죽였고 최후의 결전에서까지 살아남은 인물이었다.

그런 그가 대한민국의 관리자로 임명되어졌다.

자신이 알고 있는 과거와는 다른 변화가 일어나고 있었다.

❖

서울의 중심지 용산.

대한민국에서 가장 높다는 161층 짜리 건물이 웅장한 몸을 뽐내고 있었다.

절대자의 행정 지역.

12지역구 대한민국 지사가 있는 곳이었다.

자동차의 내비가 울렸다.

[목적지에 도착했습니다.]

설수아가 말했다.

"도착했습니다."

자동차가 정지하는 것과 동시에 무언가를 본 듯이 설수아가 말했다.

"아! 죄송합니다. 조금 더 가서 내리시지요."

설수아의 말에 한성이 답했다.

"아니요. 이곳에서 내리겠습니다."

설수아의 대답이 들려오기도 전에 한성은 자리에서 내렸다.

건물 앞에는 시위를 하고 있는 사람들의 모습이 보이고 있었다.

대략 마흔 명 정도의 사람들이 시위를 하고 있었는데 그 누구도 목소리를 높이는 사람은 없었다.

한성의 시선이 시위대들의 목에 걸려 있는 피켓으로 향했다.

[내 아들과 딸은 생존도에서 죽었습니다. 다음은 당신 차례입니다.]

[각성의 의무를 폐지하라!]

각성자의 의무 폐지를 주장하는 피켓을 목에 걸고 있는 사람들은 모두 가 생존도에서 희생된 이들의 가족들 이었다.

수십 명의 시위대중 유난히도 붉은색으로 칠해진 피켓이 눈에 띄었다.

[나는 내 아들을 100억에 팔지 않았다!]

강압적이고 비인권적인 각성의 의무였지만 생존도에서 희생된 자들의 가구에게는 위로금 명목으로 무려 100억이라는 거액이 보상되어졌다.

생존도에 끌려간 자들에게는 벌레보다도 못한 대우를 하면서도 정작 희생자들에게는 거액의 돈을 지불한다는 모순된 행동을 절대자는 보이고 있었다.

인정하기 싫었지만 돈은 슬픔도 덮을 수 있었다.

지금까지 대한민국에서만 각성의 의무로 희생된 자들은 수만 명.

하지만 지금 시위를 하는 사람들의 숫자는 마흔 명도 어림없는 숫자였다.

피곤함에 지친 얼굴로 가득한 시위대는 말할 힘도 없는 듯이 쓸쓸히 데모를 하고 있었다.

데모를 하고 있었지만 그 누구도 제지 하는 사람이 없었고 그 누구도 관심을 가져 주는 사람들은 없었다.

심지어 경찰들 까지도.

무관심.

절대자에 대한 두려움이었을까?

아니면 새로운 세상이 주는 윤택함에 사람들은 외면을 한 것일까?

각성의 의무를 통해 생존도로 끌려간 사람들은 대부분 죽음을 당했는데 이런 비극이 일어나고 있었음에도 사람들은 외면하고 있었다.

한성의 눈이 입구 쪽으로 향했다.

수 십명의 경찰들이 자리를 잡고 있었는데 이들은 시위대가 건물 안으로 들어오지 않으면 막지 않겠다는 듯이 아무런 제지도 하지 않고 있었다.

절대자는 독재자처럼 자신 마음대로 세상의 법을 만들었지만 특이하게도 여론의 탄압이나 자유는 억압하지 않았다.

처음 각성의 의무가 생겨났을 때 몇몇 정의감에 불타는 여론들은 사람들의 희생을 비난하였지만 시간이 흐르면서 세상은 생존도에 끌려가 희생된 자들을 그들의 운명이라 치부해 버렸다.

호응 없는 시위대를 비웃기라도 하듯이 경찰들은 한쪽에서 물러선 채 바라만 보고 있었는데 한성 역시 시위대의 시선을 외면하며 건물 안으로 들어갔다.

'절대자의 비밀이 밝혀지는 내년까지 이들은 국민들의 호응을 받지 못하게 된다.'

절대자가 감추고 있는 비밀이 드러나는 것은 내년이었고 그때까지 인류는 저항이라는 것을 생각조차 하지 못하고 있었다.

사실 과거 한성 역시 절대자의 통치에 대해 거부감은 없었다.

독재이기는 하지만 부정부패가 없고 학연, 지연, 혈연

따위는 일체 배제한 채 각 분야의 최고가는 인물들로 구성된 사회는 세상을 더 행복하게 만들어내고 있었다.

실제 전 세계적으로 저항군이 생겨난 후에도 인류는 절대자에게 순응하는 쪽이 더 우세하였다.

고급 호텔 로비를 연상케 하는 건물 안에 들어가자 곧바로 정장을 입은 사내가 앞을 막으며 말했다.

"초대장을 부탁합니다."

한성이 초대장을 내밀자 사내는 확인을 했고 곧바로 한성에게 초록색 배지를 달아 주었다.

초록색의 배지는 관리자 8급을 의미했다.

"안쪽으로 들어가셔서 편하신 곳에 앉으시면 됩니다."

사내의 안내를 받은 한성은 곧바로 커다란 방 안으로 들어갔다.

방안에는 똑같은 양복을 입고 있는 남녀들이 보이고 있었다.

대부분 노란색 배지를 착용하고 있었고 몇몇 이들만이 초록색 배지를 착용하고 있었는데 노란색은 각성자 아카데미를 통해 9급에 오른 자들이었고 초록색은 생존도를 통해 각성을 한 자들이었다.

아무 곳에 앉아도 된다고 말했지만 암묵적으로 서로를 경계를 하 듯이 사람들은 똑같은 색깔의 배지를 착용한 사람들끼리 모여 있었다.

굳이 배지 색깔을 보지 않아도 어느쪽이 각성자 아카데미 출신이고 어느쪽이 생존도 출신인지는 분위기를 통해서 알 수 있었다.

어느 쪽에도 끼고 싶지 않았던 한성은 홀로 중앙에 자리를 잡았다.

중앙 정면에는 커다란 스크린이 보이고 있었는데 Heaven 조선 이라는 글자가 선명하게 새겨져 있었다.

포돌스키의 지시가 벌써부터 내려온 듯이 Heaven 조선 이라는 포돌스키의 목표가 적혀 있는 가운데 아래쪽에는 뜻밖의 글귀가 적혀 있었다.

'생존도 희생자들을 추모합니다. 잊지 않겠습니다.'

병 주고 약을 주는 것일까?

어이없게도 강제로 생존도에 소환을 하고 지옥을 경험하게 한 당사자가 희생자들을 추모하고 있었다.

추모한다는 문구는 조롱으로 느껴지고 있었다.

한성은 시선을 돌렸다.

각성자 아카데미 출신들은 이미 서로를 알고 있는 경우가 대부분이었고 생존도 출신들은 지옥을 겪고 나온 탓인지 풍기는 분위기부터 달랐다.

노란 배지를 착용하고 있는 사람들 쪽에서 수군거리는 목소리가 들려왔다.

"이야. 카드 받았어? 한도가 무려 8천이야."

"던전 뚫은 기념으로 이번에 상향이 되었다고 하더라고. 8급은 1억이야."

"우리 월급은 얼마지? 연금은?"

"상위 관리자가 되면 가족 특혜도 있어. 혈연으로 인해 관리자가 될 수도 있다는 거야."

"각성자 되었다니까 주변에서 선 자리가 쏟아져 오더라고."

지금 이곳에 모여 있는 사람들의 머릿속에는 자신들의 장밋빛 미래만이 그려지고 있을 뿐 생존도에서 죽어간 이들에 대해 생각하는 자는 단 한명도 없었다.

그때였다.

정장을 입은 중년의 사내가 단상 앞으로 올라갔다.

모두의 시선이 쏟아지는 가운데 사회자의 목소리가 들려왔다.

"안녕하십니까? 각성자 분들! 모두 축하드립니다!"

눈 앞에 나타난 사내는 한희철이라는 유명앵커로 절대자에게 까지 쓴 소리를 아끼지 않는 강한 언론인 이었다.

이런 그가 환영회의 사회를 보고 있다니 사람들의 눈에는 놀란 기색이 역력했다.

사람들의 놀란 시선에도 아랑곳 없이 사회자가 말했다.

"세상은 크게 두 부류로 나뉘게 되지요. 지배하는 자와 지배 당하는 자. 각성자가 되신 여러분들은 세상을 지배하는 자들입니다. 이제 여러분은 본격적으로 관리자의 길을 걷게 되는 겁니다. 쉽게 말해 공무원이지요. 뭐 과거 대통령이라는 직위보다 높은 지위에도 오를 수 있는 관리자의 길을 걷게 됩니다."

현재 말단의 위치에 있는 자들이었지만 일단 관리자가 된다면 세상 어느 곳에서라도 상위 1% 이내의 부와 명예를 쥘 수 있는 위치였다.

설명이 이어졌다.

"관리자의 길은 다양합니다. 천상계와 지하계의 던전을 탐험하는 헌터의 길을 가는 것부터 각 도시의 시장, 도지사, 국회의원, 경찰, 소방관, 국가 관리요원 등등 여러분의 선택입니다. 물론 보수는 위험할수록 높겠지요. 조금 전 언급한 직업들중 위험도가 가장 높은 헌터가 가장 높은 연봉을 받게 되며 국회의원이 가장 낮은 보수를 받게 됩니다. 참고로 국회의원의 연봉은 최저 시급입니다."

국가간의 경계가 없어지고 전 세계의 군대가 폐지되었지만 경찰, 소방관, 특수부대원등은 여전히 존재했다.

초인이나 마찬가지인 스킬들은 여러 곳에서 유용하게 활용될 수 있었고 관리자의 계열에 속한다는 것만으로도 일반인과는 비교할 수 없을 정도의 부와 명예를 얻을 수 있었다.

"물론 반드시 해야 하는 의무는 아닙니다. 여러분들에게는 관리자의 길이 아닌 다른 길을 가실 선택도 있습니다. 하지만 최고의 대우를 받은 분들은 국가 소속 분들이시니 굳이 말하지 않아도 어느 쪽이 여러분들한테 유리할지는 아시겠지요?"

관리자의 길을 가지 않는 자들은 대부분 해외의 유명 길드에 가입을 하거나 아니면 길드를 창시하는 자들이었다.

다만 그럴 경우 정부로 부터의 지원을 받지 못한다는 사실과 천상계로의 입장이 불가하다는 단점이 있었다.

그 탓에 관리자의 길을 가지 않는 자들은 극소수에 불과했다.

원래 한성은 대부분의 사람들처럼 관리자의 길을 갔었는데 대혁명이 일어난 직후 혁명단에 가입하여 절대자와 싸우는 입장이 되었었다.

한성은 생각했다.

지금 상황에서 홀로 절대자에게 대항할 수는 없었다.

'일단 필요한 것은 돈 과 장비. 그리고 레벨업.'

생존도에서의 만렙은 40이었지만 던전이나 천상계에서는 그 이상이 가능했다.

일단은 관리자의 길을 가는 척 하면서 자신에게 필요한 것들을 획득하는 것이 우선이었다.

사회자의 안내가 이어졌다.

"국가에 소속될 생각이시라면 다섯 달의 던전 훈련을 받은 후에 원하시는 곳으로 배정이 됩니다. 다만 인기 직종이 있는 탓에 다섯 달의 기초 훈련을 통해서 상위 성적을 획득하신 분들이 먼저 선택을 할 수 있는 우선권이 주어지게 됩니다."

한성에게는 생각할 것도 없었다.

무기와 레벨업 그리고 자본을 확보하기 위해서 가야할 길은 헌터의 길 밖에 없었다.

❖

다섯 달이 지나가고 해가 바뀌었다.

2027년.

최종병기 에솔릿을 앞세운 대한민국은 승승장구를 연이어 하고 있었다.

어느새 12지역구 선두였던 일본을 앞서고 있었고 미국, 중국, 인도, 브라질에 이어 세계 5번째로 29층을 뚫은 상황이었다.

포돌스키가 대한민국의 새로운 관리자가 된 지 채 반년도 되지 않았지만 변화는 벌써 생겨나고 있었다.

사형제 부활, 사형 집행. 비정규직 폐지, 재벌들에게 이중과세 부과. 관리자는 물론이고 교사, 행정직원 같은 일반 공무원이라 하더라도 부정부패나 성범죄를 저지를 경우 즉시 파면과 함께 구속이라는 강한 법률을 제정하였다.

강압적이고 자본주의의 사상과는 다소 거리가 있는 경향이 있었지만 국민들의 지지는 높아져가고 있었다.

던전을 뚫을수록 막대한 수입이 생겼고 포돌스키는 새로 생겨난 수입을 아낌없이 국민들에게 나누어 주었다.

[대한민국이 29층을 돌파한 기념으로 한 가구당 천만원씩 나누어 드립니다. 적은 돈이지만 사랑하는 이들에게 선물을 하세요. 우리 모두 함께 사랑을 만들어요!]

파격적인 조건이었다.

돈은 사람들을 춤추게 했고 행복을 가져다주고 있었다.

포돌스키는 또 다른 공약을 내걸었다.

[이제 곧 대한민국도 꿈의 치료제가 나오는 마의 30층에 입장을 할 수 있게 되었습니다. 30층을 돌파하면 획기적인 도약이 가능합니다. 30층부터는 암을 비롯한 불치병을 치료 할 수 있는 상급 정수가 출현합니다. 지금 이 순간에도 많은 이들이 질병으로 고통 받고 있습니다. 30층 돌파로 이들에게 희망을 줄 수 있습니다. 30층을 돌파하면 대한민국 모든 가구에 1억씩 나누어 드리겠습니다. 모두 자랑스러운 대한민국 헌터들에게 힘을 주세요.]

국민들은 흥분되고 있었고 모두의 시선은 던전에 집중되고 있었다.

반면 한성은 다른 생각을 가지고 있었다.

2027년은 처음으로 절대자에게 저항하는 저항군이 등장한 해였다.

과거 소문으로만 전해지고 있던 저항군의 공격이 미국에서 시작되었고 전 세계로 퍼져 나가게 되는 시점이 바로 올해였다.

이제 몇 달 있으면 대혁명이 시작될 것이고 그때를 위해 준비를 해야 했다.

상급 감시원들로부터 주목 받기를 원하지 않았던 한성은 의도적으로 뛰어나지 않은 모습을 보이며 기초 훈련을 끝냈다.

자신을 감시하는 감시원의 눈을 속이기 위해 지급된 신용카드는 모조리 도박과 유흥비로 날려 버렸고 그렇게 시간은 흘러갔다.

드디어 각성자들이 원하는 직책에 지원을 하는 날이 되었다.

어차피 자신이 지원을 할 곳은 모두가 꺼려하는 곳이었으니 굳이 성적이 뛰어날 필요는 없었다.

던전에 참여하는 헌터들에게도 여러 종류가 있었다.

가장 먼저 던전을 입장하는 탐색조, 본격적인 채집과 사냥을 하는 탐험조, 그리고 최종 보스를 잡을 공격조가 있었다.

가장 뛰어난 실력을 가진 자들이 에솔릿을 비롯한 보스 몬스터와 함께 던전의 최종 보스를 잡는 공격조에 속했고 그 다음이 탐험조, 마지막으로 가장 실력이 떨어지는 자들이 모이는 곳이 탐색조였다.

한성이 말했다.

"탐색조로 지원하겠습니다."

❖

새로운 던전이 열리면 제일 먼저 투입되는 자가 누굴까?

바로 탐색조이다.

던전은 영구히 존재하는 것이 아니었다.

던전에서 죽은 몬스터는 재생이 되기는 했지만 무한 재생이 아닌 일정 횟수의 제한이 있는 유한적인 재생이었다.

즉 던전은 유한한 자원이었고 다음 던전으로 입장을 하지 못한다면 그 나라는 정수나 아이템을 더 이상 획득하지 못하는 결과를 초래하게 만들었다.

던전의 또 한 가지 문제점은 마치 던전들은 하나로 연결이 되어 있는 것처럼 일정 숫자 이상은 열리지 못했다.

어떤 나라가 가장 최상의 층을 새롭게 여는 순간 가장 하층의 던전은 자동으로 닫혀 버리게 되었다.

예를 들어 미국이 최초로 30층을 여는 것과 동시에 지구 반대편의 칠레에서는 가장 하층의 던전 하나가 닫혀 버렸다. 중국이 두 번째로 30층을 열었을 경우에도 마찬가지였으며 대한민국이 열었을 경우에도 우크라이나의 던전이 닫혀 버렸다.

던전이 닫히는 것은 경제적으로 큰 타격을 주게 했고 던전이 닫힌 우크라이나에서는 벌써부터 경제가 흔들리고 있었다.

누군가의 행복은 누군가의 불행이라는 말처럼 이는 국가들 간에서도 부익부 빈익빈을 초래하게 되었는데 현 시점에서 전 세계 어느 나라라 하더라도 던전에서 나오는 아이템들의 경제적인 영향력에서 자유로울 수는 없었다.

상급 무기와 방어구를 만들 수 있는 광물, 무기와 방어구의 성능을 향상 시킬 수 있는 강화석, 보석 등등 몬스터로부터 얻을 수 있는 자원은 인류의 그 어떤 자원보다도 값비싼 재료들 이었다.

특히나 30층 이상 부터는 던전의 난이도가 높아지는 것과 동시에 떨어지는 아이템 역시 그 수준을 더 높게 했다.

가장 중요시 하는 아이템은 정수.

가장 흔하게 나오는 하급 정수만 하더라도 가벼운 질병들을 간단하게 치료할 수 있었고 특히나 30층 이상에서만 출현하는 상급 정수는 당뇨를 치료하고 암을 억제하는 효과까지 있었으니 각 나라마다 경쟁을 하며 더 깊은 층으로 가려는 것은 당연했다.

아무리 세계가 절대자의 지배 아래 있다 하더라도 각 나라들이 경쟁관계에 있다는 사실은 변하지 않았다.

당연히 맨 처음 던전을 뚫은 나라들의 희생이 가장 컸고 어렵게 점령한 던전 공략을 타국에게 알려줄 이유는 없었다.

현재 30층을 뚫은 나라는 미국과 중국 밖에 없었다.

이 둘의 나라는 철저하게 공략을 비밀로 삼았고 30층 공략에 실패한 인도, 브라질 역시 일체의 공략도 밝히지 않고 있었다.

던전에서 탐험조가 안정적으로 자원을 수급하기 위해서는 공략은 필수였다.

이미 공략이 되어 있는 던전들은 지도와 팁이 나와 있었지만 새로 열린 던전에 대해서는 아무런 정보도 없었다.

그 정보를 만드는 데에 선봉을 서는 자들이 바로 탐색조였다.

❖

상급 방어구를 착용하고 있는 한성은 다른 대원들과 함께 묵묵히 대기를 하고 있었다.

이제 곧 대한민국 최초로 던전 30층에 입장할 시간이 다가오고 있었다.

일차 탐색조의 숫자는 100명.

브라질과 인도의 실패를 교훈 삼아 각국에서는 탐색조에 최정예를 투입하지는 않았다.

나쁘게 표현하면 탐색조는 희생조였다.

새로운 던전은 아무런 정보도 없었으니 위험 부담은 가장 컸다. 당연히 탐색조에 지원을 하는 자들은 극소수이었으며 실제로 사망률 역시 탐색조가 가장 높았다.

이런 위험을 감수하고도 한성을 비롯하여 탐색조에 지원한 이들이 있는 것은 바로 보상 때문이었다.

탐색조는 그 어떤 헌터들 보다도 많은 돈을 받을 수 있었고 다른 헌터들과는 다르게 탐색조에 한해서는 획득하는 모든 스킬과 아이템 역시 본인 소유로 인정하게 해 주었다.

던전 30층.

최초로 상급 정수와 상급 강화석이 출현하는 곳.

한성이 원하는 것은 자본.

아무리 헌터들이 거액의 연봉을 지급 받는다 하더라도 절대자에게 대항할 길드를 설립하는 데에는 천문학적인 돈이 필요했다.

단 시간내에 거액의 금액을 뽑아낼 수 있는 곳은 던전에서 아이템을 획득하는 방법 밖에 없었다.

마치 전쟁을 나가는 사람들처럼 탐색조 100명의 얼굴에는 긴장된 기색이 역력했다.

탐색조의 총 리더 정지한이 말했다.

"30층이다. 미국이나 중국이 전혀 공개하지 않는 30층. 헌터 강국이었던 인도, 브라질이 추락했고 아직까지 점령하지 못한 30층이다. 정신 바짝 차리도록!"

과거 인구수를 무기로 미국, 중국과 어깨를 나란히 했던 브라질, 인도등의 인구 강국들은 선진국 진입을 눈앞에 두었지만 30층의 실패로 타국에 비해 뒤쳐져 버리게 되었다.

인구가 많은 나라일수록 각성자로 태어나는 숫자가 많았고 유리한 고지에 오를 수 있었다.

처음 던전 탐험이 시작되었을 때 선두에 나선 나라들은 하나 같이 인구가 많은 나라들 이었는데 30층 부터는 사정이 조금 달랐다.

양으로 밀어 붙이는 것은 저층의 던전에서나 가능했고 30층 부터는 마치 새로운 시작이 펼쳐지는 듯이 장비와 손발이 잘 맞는 헌터들이 필수였다.

다른 이들은 처음 가보는 던전이었지만 한성 만큼은 생생하게 기억하고 있었다.

대한민국 정부에서 조차 아직 알지 못하고 있었지만 던전 30층의 지도와 몬스터의 종류는 모두 다 머릿속에서 기억되어 있었다.

회귀전 한성은 30층에서 주된 임무를 수행하였고 한성이 가본 최고 층수는 46층이었다.

에솔릿의 등장으로 예상 보다 빠르게 던전에 입장하게 되었지만 던전이 바뀌었을 리는 없었다.

모두들 긴장한 듯이 자신의 정비를 확인하며 던전을 입장하기 위해서 반드시 거쳐 가야 할 곳을 바라보고 있었다.

아티팩트.

던전으로 통할 수 있는 유일한 수단인 아티팩트가 가동을 한다는 듯이 서서히 초록색 빛을 발산하고 있었다.

[1분 후 이동합니다.]

절대자의 비밀 아닌 비밀 하나가 바로 아티팩트였다.

생존도의 아티팩트는 단순히 플레이어들을 같은 공간 안에서 이동 시켜주는 기능이었는데 이곳의 아티팩트는 같은 공간이 아닌 다른 차원으로 연결해 주는 역할을 하는 아티팩트였다.

던전은 사실 지구에 있는 공간이 아니라 다른 차원에 있는 공간이었다.

그 공간을 연결해 주는 역할을 하는 것이 아티팩트였는데 아티팩트를 가동 시키기 위해서는 반드시 인간의 에너지가 필요했다.

이해할 수 없는 각성의 의무가 존재한 이유가 바로 아티팩트 때문이었다.

각성자의 의무는 표현을 순화하기 위해 만든 용어였다.

각성자의 의무는 더 정확하게 말하면 제물의 의무였다.

생존도에서 각성자들이 사망을 했을 시 일반 사람이 사망을 했을 때와 약간의 차이가 있었다. 각성자들이 생존도에서 죽었을 경우 사람들은 얼마간의 시간이 지난 후 빛이 되어 소멸되어갔다.

이 정체를 알 수 없는 빛을 사람들은 영혼, 또는 인간이 가지고 있는 원혼, 제물, 마나, 에너지 등등 갖가지 용어들을 붙였는데 이 빛이 바로 던전으로 이동을 가능하게 해 주는 아티팩트의 에너지였다.

던전에 입장하기 위해서는 반드시 각성자의 에너지가

필요했고 그 에너지가 바로 생존도의 희생자들에게서 나온 에너지였다.

즉 인류가 던전에서 천문학적인 돈을 얻기 위해서는 인간의 희생이 반드시 따라야 한다는 것을 의미했다.

절대자가 각성의 의무라는 명목 하에 사람들을 생존도에 보낸 이유가 바로 던전을 열기 위한 에너지를 얻기 위해서였다.

아티팩트의 초록빛이 더욱더 요동치는 가운데 기계음이 들려왔다.

[던전 입장 30초 전입니다.]

모두가 마음속으로 긴장하고 있는 가운데에서도 한성만큼은 과거 환영회에서 사회자가 했던 말이 떠올라오고 있었다.

"생존도에서 에너지를 제공하기 위해 희생된 자들의 숫자는 한해 채 일만도 되지 않습니다. 과거 헬 조선 시절 대한민국에서 한해 2만명씩 자살했던 숫자보다도 훨씬 더 적은 숫자입니다."

실제로 절대자의 시대가 열린 후에 대한민국의 행복 지수는 크게 올라갔고 그와 반비례 하듯이 자살률은 크게 떨어졌다.

"던전에서 얻은 이득으로 인한 복지의 증가는 수 많은 사람들에게 의료혜택을 받게 했고 해마다 질병으로 죽어가는 수십만의 사람들의 사망률을 낮추었습니다. 선거 폐지 이후 천문학적으로 낭비되는 선거비용이 사라졌고 부정 부패가 사라졌으니 어이없는 사고와 사망자 숫자 역시 줄어들었습니다. 전 세계적으로 본다면 이득은 훨씬 더 커집니다. 국가 간의 분쟁이 사라졌으니 전쟁과 난민이 사라졌습니다. 던전의 출현 이후 1명을 희생해서 수 만 아니 수십만의 사람들의 생명을 구한 겁니다. 지금 당장 던전 입장을 폐지해 보십시오. 던전에 연관된 수 많은 사업들이 무너지고 실업자가 쏟아질 겁니다. 경제는 유례없는 공황을 맞이할 것이고 다시 자살률은 폭등할 겁니다. 한마디로 헬 조선이라는 말이 부활할 겁니다. 다시 이런 세상을 보고 싶으십니까?"

부인할 수 없는 사실이었다.

무료 의료 혜택은 돈 없어서 치료를 받지 못한다는 말을 사라지게 만들었다.

당장 던전이 닫혀 버린다면 질병을 치료 받지 못하는 수많은 사람들이 죽을 것이 분명했고 경제 기반이 뿌리 채 뽑혀 버릴 것이 분명했다.

물론 반발도 있었다.

아무 죄 없는 1명의 희생으로 수십만 명을 살린다는 것이 옳지 않은 일이라는 의견은 당연했지만 언제 부터인지 대다수의 사람들은 침묵하고 있었다.

나만 잘 살면 그만이라는 생각 때문이었을까?

어제의 이웃이 죽어가고 있었지만 사람들은 과거보다

훨씬 더 행복하다고 생각하고 있었다.

어찌 되었던 이제 세상은 더 이상 던전에 의지 하지 않을 수 없는 상황이었다.

[던전 입장 1초전!]

아티팩트의 초록색 빛은 폭발하듯이 퍼져 나갔다.

초록색의 빛이 생존도에서 죽어간 영혼들로 보이고 있었다.

주변이 흔들리며 사라져가는 가운데 기계음이 울렸다.

[던전 입장합니다!]

NEO MODERN FANTASY STORY

5. 던전 30층.

회귀의 절대자

5. 던전 30층.

던전 30층 중앙에 있는 아티팩트에서 초록색 빛이 휘몰아쳤다.

마치 플레이어들을 토해낸다는 듯이 휘몰아친 빛이 사라지는 것과 동시에 플레이어들의 형체가 하나 둘 씩 나타나기 시작했다.

레이다를 들고 있던 헌터 한명이 보고했다.

"100명 전원 무사히 입장했습니다!"

대장 지한은 주변을 살펴보며 말했다.

"초원이군. 밀림보다는 괜찮아. 덥지도 춥지도 않으니 상당히 좋군."

던전들은 각각 배경이 달랐는데 지금 30층은 초원을

배경으로 하고 있었다.

던전은 일단 공략이 되면 활동하는 환경이 더 중요하게 되었는데 간혹 북극의 날씨나 밀림 지대의 열기를 느끼는 곳에서는 탐험조가 제대로 활동하기가 힘들었다.

모두들 처음 와 본 탓에 신기한 듯이 주위를 두리번거리고 있었지만 한성에게는 익숙한 장소였다.

"좋아! 대형을 갖추고 주변의 몬스터 확인!"

"지도 만들기 시작!"

던전 안으로는 일체의 기계를 가져 올 수 없었다.

던전에서 채집된 광물이나 재료로 만들어진 물품만을 가져 올 수 있었으니 카메라나 영상을 촬영할 수 있는 도구 대신 일일이 손으로 수작업을 하는 방법 밖에 없었다.

주로 여자 헌터들이나 실력이 부족한 자들이 이 역할을 맡았고 부대장들을 비롯한 실력이 있는 자들이 이들을 보호하며 주변을 감시했다.

여느 던전과 마찬가지로 탐색조들은 각자 자신의 위치로 이동을 하며 준비를 하기 시작했다.

탐색조의 특성상 탐색조는 새로운 던전에 입장을 할 경우 아티팩트를 중심으로 멀리 떨어지지 않았다.

"서두르지 않는다! 어떤 몬스터가 등장할지 모르니 천천히 아주 천천히 주변을 살핀다. 탐색은 오늘 끝나는 게 아니니 모두 여유를 가지고 행동하도록!"

리더의 설명에도 헌터들은 주변의 광물에 정신이 팔려 있었다.

속삭이는 목소리가 들려왔다.

"저거 백금 맞지? 저거 하나만 들고 가도 얼마야?"

"저쪽 산에 반짝이는 거 보이지? 소문처럼 보석 나무도 있는 것 같아. 이거 장난이 아니야."

지금 까지 던전과는 차원이 다르다는 듯이 시작부터 하층의 던전과는 비교할 수 없을 정도의 자원들이 보이고 있었다.

조원들이 신기한 듯이 주변을 살펴보고 있는 가운데 한성의 시선은 하늘로 향하고 있었다.

과거 자신이 처음 30층에 입장을 했을 때는 탐색조가 아닌 탐험조였는데 그 당시 30층의 탐색조들이 전멸을 했던 사건은 또렷이 기억하고 있었다.

유달리 힘들었던 30층은 상당한 시간이 걸렸고 대한민국도 예외 없이 탐색조들은 모조리 전멸을 당했었다.

주변을 스케치하고 있는 자들 앞으로 보호망을 만들겠다는 듯이 헌터들이 무기를 꺼내들고 있는 가운데 대장 지한이 말했다.

"미국은 30층을 뚫는데에 일 년이 걸렸고 중국은 반년이 걸렸다. 그만큼 힘든 던전이라는 것을 잊지 말아라!"

대장의 말이 끝나는 순간이었다.

기계음이 들려왔다.

[30층 입장하셨습니다. 지금까지와는 차원이 다른 던전에 입장하신 것을 환영합니다.]

일반적인 기계음이 들려오는 것과 동시에 또 다른 목소리가 뒤를 따랐다.

[크크크. 하여간 인간들은 서로 돕는 법을 몰라. 다섯 번째로 입장을 했는데 앞쪽에서 전멸당한 자들과 똑같아. 아! 인간들이여. 참으로 한심하도다.]

한성을 제외한 모두의 눈이 휘둥그레졌다.

지금 들려온 목소리는 처음 입장했을 때 들려온 기계음과는 달랐다.

일반적인 던전처럼 감정 없는 기계음이 아닌 사람의 감정이 느껴지는 듯한 메시지가 들려오자 모두들 깜짝 놀랐다.

잘못 들은 음성이 아니라는 듯이 곧바로 또 다른 목소리가 들려왔다.

[크크크. 대한민국에서 오신 분들이군요. 100명. 딱 좋은 숫자네요.]

'켈로비스.'

그 누구도 목소리의 주인공을 알 수는 없었지만 한성은 알고 있었다.

지금 이 목소리는 30층 보스 켈로비스의 목소리였다.

훗날 만나게 되는 고층 던전의 몬스터들과 천상계의 괴물들에 비하면 크게 위험한 던전 보스는 아니었지만 현 상황의 헌터들 레벨에서는 다소 상대하기 버거운 보스였다.

30층 이상의 던전 부터는 각 던전의 보스 몬스터들이 메시지를 전달할 수 있었다.

마치 게임을 하는 것처럼 던전의 보스는 플레이어들을 격퇴 시키는 임무를 가지고 있었는데 오랫동안 기다려 왔다는 듯이 켈로비스의 상기된 목소리가 이어졌다.

[환영식 시작합니다! 스타트!]

당연히 상황을 모르고 있는 헌터들은 어리둥절해 하고 있었다.

“뭐야? 이건?”

“던전에 관리자는 없는데?”

모두들 들려온 목소리에 어리둥절 하는 순간 한성은 먼 산위를 바라보고 있었다.

예상대로 무언가 반짝이고 있었다.

‘지금!’

한성은 한쪽으로 뛰쳐나갔다.

“함부로 움직이지 마!”

대장 지한이 소리치는 순간 이었다.

슈우우웃!

하늘에서 무언가 날아오는 소리가 들렸다.

“뭐야?”

“이 소리는?”

모두가 하늘을 보는 순간 이었다.

마치 미사일이 날아오듯이 섬광이 아티팩트를 향해 떨어져오고 있었다.

“우왓!”

놀란 비명이 끝나기도 전에 섬광은 아티팩트로 떨어져 버렸다.

콰과과과앙!

날아온 섬광은 아티팩트에 명중되었고 10m 정도의 대형 아티팩트의 윗부분은 유리가 깨지듯이 산산조각 나버리고 말았다.

공격은 연이어 이어지고 있었다.

슈우우우웃! 슈우우웃!

마치 거대한 마나 폭탄을 연상케 하는 거대한 마나 덩어리는 아티팩트 주변으로 떨어져 오고 있었다.

콰과과아앙! 콰아아앙!

“우아아악!”

아티팩트를 파괴 시키려는 듯이 쏟아져 내리는 마나 덩어리에 아티팩트 주변에 있던 헌터들의 몸 역시 갈기갈기 찢기고 있었다.

지금 떨어지는 마나의 위력은 지금껏 보지 못한 위력이었다.

콰아아앙!

착용하고 있는 상급 방어구가 무색하게 헌터들의 몸은

폭탄을 맞은 것처럼 형체를 남기지 않은 채 사방으로 조각나며 튀고 있었다.

마나의 위력 보다 더 무서운 것은 공격을 하는 상대가 보이지 않는 다는 점이었다.

지금까지 던전에서는 근접한 적과의 전투뿐이었는데 지금처럼 아주 먼 거리를 두고 날아오는 공격은 처음이었다.

"어, 어디야?"

"적이 보이지 않습니다! 아아악!"

적이 보이지 않았으니 헌터들이 대항할 수 있는 방법은 없었다.

적이 어디에서 공격을 하는지 누가 공격을 하는지 알고 있는 사람은 한성 밖에 없었다.

캐논 플라워.

대포 모양을 하고 있는 꽃.

지금 쉴새 없이 대포알 같은 섬광을 발산하는 몬스터의 정체는 바로 캐논 플라워였다.

모든 헌터들이 지금 공격의 목표물이 자신들이라 생각하고 있었는데 한성은 지금의 공격이 헌터들을 노리고 있는 것이 아니라는 사실을 알고 있었다.

캐논 플라워는 던전으로 헌터들이 입장을 할 경우 아티팩트만을 노리고 공격하게 세팅 되어 있는 몬스터였다.

즉 지금 폭격이 노리는 것은 헌터들이 아니라 아티팩트였다.

지금 공격을 하는 캐논 플라워들은 아티팩트만 파괴 되면 자동으로 공격을 멈추었고 플레이어의 목숨에는 관심이 없었다.

한성이 시작하자마자 뛰쳐나간 이유가 이것에 있었다.

이 폭격은 아티팩트를 파괴시키기 위해 작동되는 것 이었는데 아티팩트에서 거리를 두고 떨어져 있으면 폭격에서 피할 수 있었다.

대부분의 헌터들은 아티팩트를 방패 삼아 몸을 숨기고 있었는데 이건 오히려 포탄의 사정거리 안에 머물러 있는 것이나 마찬가지였다.

섬광은 최소 십 킬로 미터는 떨어진 곳에서부터 날아오고 있었는데 아티팩트의 반경 오 미터 이내의 거리에서만 명중되고 있었다.

한성의 예측대로 한성이 있는 곳에는 일체의 섬광이 떨어져 오지 않고 있었는데 한성은 묵묵히 섬광이 날아오는 곳을 바라보았다.

헌터들의 몸이 산산조각 나고 지옥이 눈 앞에 펼쳐지고 있었지만 한성의 시선은 헌터들이 아닌 무너지고 있는 아티팩트에 집중되고 있었다.

크리스탈의 아름다움과 웅장함을 뽐내고 있던 아티팩트는 산산조각 나버리고 말았고 아티팩트가 완전히 소멸되어 버리자 폭격은 더 이상 쏟아 내리지 않고 있었다.

아직 대부분의 헌터들은 몸을 엎드린 채 움직이지 못하고 있었는데 한성은 서서히 걷기 시작했다.

살아남은 헌터들의 목소리가 들려오기 시작했다.

"대장님!"

"대장님!"

리더를 찾는 목소리에도 리더 지한은 대답할 수 없었다.

"부 대장님!"

아티팩트를 노린 폭격이었지만 헌터들 중 절반 이상이 사망해 버렸고 그건 대장과 부대장 역시 마찬 가지였다.

리딩을 해 줄 대장과 부대장이 사망했다는 사실에 당황함이 가시기도 전에 누군가의 놀란 함성이 울려 퍼졌다.

"아! 아티팩트가 사라졌다!"

"으아아아악!"

웅장함을 자랑하고 있던 아티팩트는 어느새 그 모습 자체를 잃어버린 상황이었다.

아티팩트는 던전과 대한민국을 연결해주는 유일한 도구였다.

아티팩트가 깨졌다는 것은 다시 돌아갈 길이 막혔다는 것을 의미했다.

이끌어줄 대장이 죽었다는 것보다 집으로 돌아갈 길이 사라져 버렸다는 사실이 헌터들에게 더 큰 충격을 주고 있었다.

지금까지 그 어떤 던전에서도 아티팩트가 파괴되었다는 말은 들어보지도 못하고 있었다.

난생 처음 겪는 일에 모두의 가슴이 철렁거리는 순간 기계음이 울려 퍼졌다.

[아티팩트 파손되었습니다. 재생까지 일주일 걸립니다.]

아티팩트가 재생된다는 것은 반가운 일이었다.

하지만 재생까지 일주일이나 걸린다는 것은 일주일이라는 시간 동안 이곳에 고립된다는 것을 의미했다.

원래 탐색조는 길어야 반나절 정도를 탐색하고 돌아가는 것이 일반적이었다.

당장 하루를 버틸 에너지바도 없었는데 리더가 죽은 상황에 보급까지 막힌 상황이었다.

살아남은 자들은 하나 둘 씩 모이기 시작했다.

살아남은 자들의 숫자는 서른 네 명.

시작과 동시에 절반이 넘는 헌터들이 죽었고 기습을 한 몬스터는 확인조차 하지 못하고 있었다.

주변 곳곳에 시체 조각들이 걸려 있는 참혹한 광경이 눈에 들어오고 있었다.

"아!"

"이제 우리 어떻게 되는 거지?"

"살아남은 자가 절반도 남지 않았는데 몬스터의 공격에 버티란 말이야?"

그때였다.

한 곳에서 사람의 형체가 나타났다.

온 몸을 검은 색의 옷으로 뒤덮고 있는 삐쩍 마른 사내는

50대로 보였는데 전투를 할 생각은 없다는 듯이 아무런 무기도 휴대하지 않고 있었다.

던전에서 헌터가 아닌 사람을 보는 것은 처음 이었다.

"누, 누구냐?"

사내가 반응했다.

"도우미. 도우미입니다. 적이 아니라 여러분들께 던전을 안내해주는 도우미입니다."

집으로 돌아갈 수 있는 유일한 수단인 아티팩트가 파괴되었다는 사실과 시작과 동시에 쏟아져 내린 기습.

갑작스러운 동료들의 죽음을 겪은 탓에 도우미라는 말은 귀에 들어오지도 않고 있었다.

반쯤 미쳐 버린 상황에서 갑작스럽게 나타난 던전의 인물은 아무런 위해를 가하지 않았어도 적이라는 생각을 지울 수 없었다.

"우와아앗!"

누군가 검을 휘둘렀다.

촤아아앗!

검에서 스킬이 발산 되며 마나의 기운이 휘몰아쳤는데 마치 그림자를 친 것처럼 공격은 그대로 사내의 몸을 통과되고 있었다.

"죽엇! 죽엇!"

괴성과 동시에 사내는 연달아 검을 휘둘렀지만 홀로그램을 베는 것처럼 검은 허공을 가를 뿐이었다.

도우미는 담담히 말했다.

“저는 영혼이나 마찬가지입니다. 여러분들이 공격을 할 수도 없고 저 역시 여러분들을 공격할 수 없습니다. 30층부터는 최초 입장 시 도우미가 등장하며 여러분들께 안내를 해 드립니다.”

도우미는 형체도 알아 볼 수 없게 무너져 버린 아티팩트를 바라보며 말했다.

“설명이 나온 것처럼 아티팩트는 일주일 후에 재생됩니다. 다만 아티팩트가 재생되는 순간 또 다시 공격은 시작될 겁니다. 한마디로 섬광의 공격을 내뿜는 몬스터를 제거하지 않으면 여러분들은 영원히 돌아갈 수 없다는 것을 의미합니다.”

곧바로 도우미는 처음 한성이 바라본 산 위를 바라보며 말했다.

“저곳이 섬광을 내뿜은 캐논 플라워가 있는 곳입니다. 여러분이 하실 일은 일주일 내에 캐논 플라워를 제거하는 일입니다.”

곧바로 사내가 손가락을 튕기자 커다란 화면이 눈앞에서 펼쳐졌다.

미션: [캐논 플라워를 파괴하라!]

보상: 집으로 돌아갈 수 있음.

〈몬스터 정보〉

캐논 플라워.

체력: 230000

특징: 대포 모양으로 아티팩트만을 파괴하는 몬스터. 하급 무기에도 베어질 정도로 약한 몸. 식물의 특성을 가지고 있는 탓에 화염 계열에 취약함.

❖

몬스터의 정보가 공개된 화면을 보며 도우미가 말했다.

"참고로 캐논 플라워는 한번 죽으면 더 이상 재생하지 못합니다. 캐논 플라워를 제거한 후 부터는 자유롭게 30층을 오고 가실 수 있습니다."

헌터들의 머릿속에는 궁금한 것 이 가득했지만 더 이상 정보를 제공하지 않겠다는 듯이 도우미가 몸을 돌리며 말했다.

"저는 랜덤으로 30층 곳곳을 돌아다닙니다. 저를 보시게 된다면 언제라도 궁금한 것을 물어 봐 주십시오. 하루에 세 개까지 중대한 정보를 여러분께 말씀 드릴 수 있습니다. 그럼 모두에게 행운을 빕니다."

사실 궁금한 것이 있다면 지금 말해 주어야 했는데 헌터들에게 불이익을 주겠다는 듯이 도우미는 더 이상의 정보를 제공하지 않았다.

또한 하루에 세 개 라는 제한된 규칙까지 있었으며 도우미는 어디에서 다시 나타난다는 말 조차 해 주지 않고 있었다.

이 넓은 던전에서 이 자를 찾는 다는 것은 사막에서 바늘찾기나 마찬가지 이었다.

헌터들의 당황함 가득한 얼굴과는 전혀 감정이 없는 얼굴로 자신의 할 말만을 마친 도우미는 곧바로 사라져 버렸다.

"이, 이봐! 잠깐!"

"사라졌어!"

헌터들이 술렁거렸다.

두려움과 공포로 가득 차 있는 상황이었으니 헌터들의 머릿속으로는 아직 까지도 도우미의 말이 제대로 전달되지 않고 있었다.

"뭐? 뭐야?"

"뭐, 뭘 잡으라고? 캐논 플라워? 그게 저 산 어디에 있다는 거야? 저기까지 어떻게 가라고? 무슨 몬스터가 있는지도 모르잖아!"

"우리는 탐색조라고! 탐험조나 공격조가 아닌데 뭘 어떻게 잡으라는 거야?"

"지금 살아남은 자들 중에서도 상당수는 부상자들이야. 이런 상황에서 뭘 어떻게 해!"

캐논 플라워 라는 아티팩트를 노리는 몬스터는 전혀

들어본 적 없는 몬스터였다.

위치 역시 저 멀리 보이는 산 어딘가라는 사실만 대략적으로만 알고 있었고 부상자들 까지 있는 상황에서 탐색조만으로는 결코 쉽게 움직일 수 없었다.

모두가 당황하고 있는 가운데 한성은 한쪽으로 움직이기 시작했다.

다른 이들은 당황하고 있었지만 한성은 이미 알고 있는 사실이었다.

30층의 공략이 힘들었던 이유가 바로 이곳에 있었다.

30층의 공략을 위해서는 바로 아티팩트를 공격하는 캐논 플라워를 제거해야 했는데 정보가 제대로 전달되어지지 않았으니 당연히 공략이 불가능했던 것이다.

아티팩트가 파괴되어진다는 것은 결정적인 타격이었다.

헌터들이 들어오는 족속 아티팩트가 박살나 버렸으니 그 어떤 정보도 던전 밖으로 새어 나갈 수 없었다.

2차, 3차 탐색조가 와도 마찬가지의 결과였고 아티팩트가 파괴된다는 사실이 미국과 중국을 제외한 그 어떤 나라도 아직까지 30층을 돌파하지 못한 이유였다.

즉 캐논 플라워를 제거하지 못한다면 돌아갈 수 없는 것은 물론이었고 똑같은 희생을 되풀이 되게 하는 것뿐이었다.

멘탈이 붕괴된 상황에서 헌터들은 주변을 살펴보았지만 현재 상황은 난감했다.

원래 탐색조는 전투형이 아닌 여자 헌터들까지 포함되어 있었는데 이건 상대적으로 더욱더 전투력이 떨어지는 상황이었다.

이 와중에 조금 전의 폭격으로 이미 상당수가 죽음을 맞은 상황이었다.

더구나 시작부터 탐색조는 모두 다 탐색만을 위한 준비를 갖추고 있었던 탓에 전체적으로 뛰어난 실력을 가진 자들은 몇 되지 않았다.

모두가 암담해 하고 있는 가운데 한쪽에서 여자 헌터들의 목소리가 들려왔다.

"여기 좀 도와주세요!"

"부상자들이 더 있습니다!"

구원을 요청하는 외침에 몇몇 사내들은 뛰어갔고 남아 있는 자들은 아직도 정신을 차리지 못한 채 중얼거리고 있었다.

"그, 그래서. 캐논 플라워 인지 뭔지 를 잡아야 된다는 거야?"

"아까 방어력은 낮다고 그랬지?"

"위치는 어디라고?"

모두의 생각은 캐논 플라워에 집중되고 있었지만 한성은 달랐다.

캐논 플라워라는 몬스터만 생각한다면 도우미의 설명 그대로 아티팩트만을 노리고 공격하는 몬스터인 탓에 제거하는 것은 상당히 쉬웠다.

하급 무기에도 썰릴 정도로 약한 방어력이었으니 한성이 가지고 있는 화염 스킬 한방이면 쉽게 제압할 수 있었다.

다만 도우미가 말해주지 않은 사실이 있었다.

그건 바로 캐논 플라워가 있는 곳 까지 가는 데에 상당한 수준의 몬스터들이 출현한다는 점 이었다.

고립되어 있는 상황에서 이 숫자의 헌터들을 가지고 생존한다는 것은 상당히 위험한 일이었지만 한성은 어느 정도 자신이 있었다.

'지형, 몬스터 출현 장소, 습격, 함정. 모두 다 알고 있다.'

30층에서 출현하는 몬스터들 중에 감당하기 힘든 몬스터들은 피하면 그만이었다.

30층 보스 몬스터인 켈로비스는 잡을 필요도 없었고 그가 있는 위치 역시 알고 있었다.

또한 켈로비스는 생존도 보스 몬스터처럼 돌아다니지도 않았으니 그 근처로 가지만 않으면 한성에게 걱정거리는 없었다.

캐논 플라워 따위야 전혀 위협이 되지 않았으니 일주일 동안 값비싼 아이템을 획득한 후 캐논 플라워를 잡고 돌아가는 것이 한성의 계획이었다.

던전 30층에서 걱정하는 것은 딱 한 가지.

바로 로머였다.

로머는 랜덤으로 돌아다니는 몬스터를 의미했는데 지금까지 던전에 있는 몬스터들이 고정된 자리에서만 돌아다녔다면 로머들은 활동영역에 제한이 없었다.

30층 던전에서 아무 곳이나 돌아다니는 로머는 몬스터를 사냥하고 있는 순간 만난다면 큰 위협이 되었다.

'30층에서 걱정해야 할 것은 딱 하나. 로머. 켈로비스 분신체.'

로머가 30층 던전 보스 켈로비스의 분신체라는 사실은 알고 있었다.

다만 문제는 로머에 대한 정확한 정보는 단 하나도 없었다.

과거 수도 없이 와 본 30층이었지만 과거 한성이 입장했을 당시에는 던전은 이미 뚫려진 후였다.

그 당시 켈로비스는 이미 죽은 후였고 로머 역시 그의 분신체가 아닌 다른 몬스터로 바뀐 후였다.

현 시점에서 켈로비스에 대한 정보는 기억 속에서 밖에 있지 않았다.

로머인 켈로비스의 분신체의 숫자와 공격 패턴, 스킬, 방어력 등은 전혀 알 수 없었고 분신체가 어떤 몬스터인지 역시 정확하게 알 수는 없었다.

대비책을 생각한 한성은 주변을 살펴보았다.

아직까지 헌터들은 갈팡질팡 하고 있었는데 한성은 무표정으로 걷기 시작했다.

한성이 살펴보고 있는 곳은 아이템들이었다.

폭격을 맞은 듯 한 시체 더미와 조각들은 아랑곳없이 한성은 주인 잃은 아이템들을 살펴 보고 있었다.

헌터들이 사망을 했을 경우 인벤토리에 있는 물품들은 모조리 튕겨 나가게 되었는데 국가에서 제공된 무기나 아이템에는 귀속이 되어 있지 않았다.

즉 눈앞에 보이는 아이템들은 모두 다 사용이 가능한 아이템들이었다.

한성이 찾고 있던 것은 헌터들의 위치를 파악할 수 있는 레이다였는데 뜻밖에도 한성이 걸음을 멈춘 곳은 무기 앞에서였다.

당연히 자신이 가지고 있는 무기인 백호의 검 보다 뛰어난 무기는 없을 거라 생각했었는데 의외의 일이 벌어졌다.

눈앞에 널브러져 있는 무기들 중 초록색 빛깔이 나는 무기가 보이고 있었다.

'희귀 등급이다.'

같은 등급의 무기에서도 초록색 빛깔이 나는 무기는 특수 효과가 있다는 것을 의미했다.

한성이 잡자 무기 정보가 떠올라왔다.

〈상급 희귀 대형 낫〉

공격력: 208-216

등급: 상급.

설명: 상대를 짓이겨 버릴 수 있는 대형 낫. 치명타 효과 30% 추가.

특수효과: 명중 시 무조건 동시에 여섯 발 가격 가능. 쿨타임 120 시간.

한성의 눈이 특수효과에 집중되었다.

'연타 스킬!'

의외의 소득이었다.

특수 효과가 붙어 있는 희귀 아이템은 현 시점에서는 천상계에서 밖에 구할 수 없는 아이템이었다.

타인의 불행이 자신에게 행운을 가져다준다는 것처럼 지금 자신의 눈앞에는 고가의 아이템이 보이고 있었다.

이건 분명 사망한 헌터들 중 누군가 숨기고 있다 인벤토리에서 튕겨져 나간 것으로 보였는데 귀속을 시켜 놓지 않은 걸로 미루어 보아 훗날 비싼 값에 팔 생각이었던 것이 분명했다.

한성은 양손으로 낫을 쥐어 보았다.

대형 낫인 탓에 사용을 하는 데에 두 손이 필요했다.

가지고 있는 백호의 검이 더 뛰어난 공격력을 가지고 있기는 했지만 순간적인 한방을 노리는 데에는 지금 눈앞의 낫이 더 뛰어나 보였다.

120시간이라는 상당히 긴 쿨 타임이 있기는 했지만 한 번 공격으로 동시에 무려 여섯 발을 명중시킨다는 것은 엄청난 효과를 가져 오는 것이었다.

던전 30층 이후에 나오는 스킬 중에는 피해 면역 쉴드라는 스킬이 있었는데 말 그대로 공격을 당했을 때 일정 횟수까지는 공격을 무효화 시키는 스킬 이었다.

일종의 사기 스킬이라는 말까지 나오는 스킬이었는데 이걸 잡는 것이 바로 연타 스킬이 있는 무기였다.

일반적인 데미지를 줄여주는 쉴드와는 다르게 피해 면역 쉴드는 상대의 공격력에 무관하게 일정 횟수까지 피해를 면역 시켰다.

즉 아무리 강한 공격력을 가진 무기라도 피해 면역 쉴드 스킬이 작동되는 몬스터에게는 전혀 피해를 입힐 수 없다는 뜻 이었다.

만일 자신이 공격력이 더 강한 백호의 검으로 피해면역 5회의 스킬을 가지고 있는 상대를 공격한다면 전혀 위력을 발휘할 수 없을 테지만 지금처럼 6발의 연타 스킬이 있는 낫으로 후려친다면 5회 면역 이후 나머지 한방은 위력을 발휘하게 되는 것이다.

자신의 스킬은 대부분 검과 연계되어 있는 탓에 훗날에는 사용도가 덜 해 질 것이 분명했지만 상급 스킬들을 사용하지 못하고 있는 지금 상황에서는 최고의 무기가 아닐 수 없었다.

한성은 담담히 들고 있던 낫을 인벤토리 안으로 집어넣었다.

아직 다른 헌터들은 눈치 채지 못하고 있었다.

곧바로 한성은 자신이 원한 아이템을 찾기 시작했다.

한성이 찾은 것은 레이다와 덫.

레이다는 던전의 희귀 광물로 밖에 만들 수 없는 아이템이었던 탓에 리더들에게 밖에 제공되지 않았다.

사망한 리더가 가지고 있던 레이다가 보이고 있었다.

레이다를 켜 보자 반경 20Km 이내에 있는 헌터들의 모습이 보이고 있었다.

당연히 레이다의 점들은 이동 없이 자신이 서 있는 위치에 집중되어 있었다.

레이다만 있으면 한눈에 던전에서 헌터들의 움직임을 파악할 수 있었다.

레이다를 챙긴 한성은 곧바로 사용할 덫을 찾기 시작했다.

지금 다른 헌터들은 온 신경을 아티팩트와 캐논 플라워에 집중하고 있었는데 사실 가장 위험한 것은 로머였다.

NEO MODERN FANTASY STORY

6. 로머.

회귀의 절대자

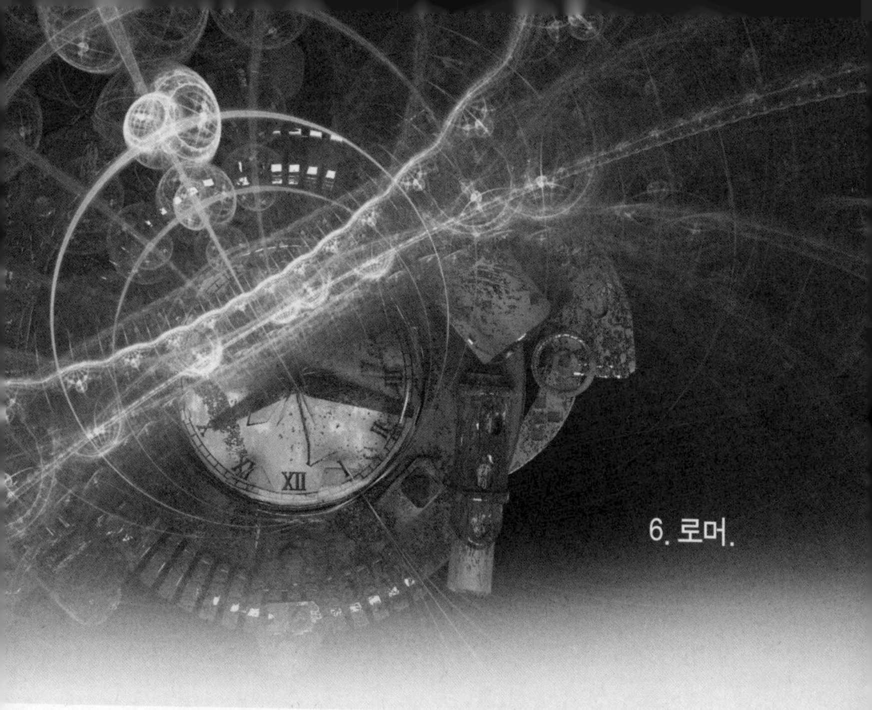

6. 로머.

지금 헌터들은 로머의 개념조차 없었다.

지금 까지 던전에서는 감당하기 힘든 몬스터를 만난다면 달아나는 것이 우선이었다.

몬스터들은 일정 거리를 벗어나면 더 이상 추격을 하지 않았는데 로머는 달랐다.

로머는 일단 타깃으로 삼은 상대는 어느 한쪽이 죽을 때까지 추격을 했다.

로머가 나온 다는 사실을 알고 있을 지라도 우르르 떼를 지어 몰려온다면 혼자의 힘으로는 당해낼 수 없었다.

다행인지 몰라도 눈앞에는 시체들이 남기고간 여러 가지 부과 효과들이 있는 덫이 보이고 있었다.

연막의 효과가 있는 덫, 슬로우 스킬이 걸리는 덫, 10M가 넘는 범위 까지 잡을 수 있는 덫, 등등 수십 개의 덫들을 인벤토리 안으로 집어넣었다.

덫과 레이다를 자신의 인벤토리로 집어넣고 있는 한성을 본 헌터 한명이 말했다.

"이봐! 지금 뭐 하는 거야?"

아이템들은 비싼 가격으로 거래가 가능했지만 국가에서 지급된 아이템들은 합법적으로 거래가 불가능했다.

개인적으로 판매가 금지된 아이템들은 암시장에서나 통용되었는데 국가 소속 헌터들은 귀환 시 지급된 아이템들을 반납해야 했기 때문에 그 역시 불가능했다.

한성은 담담히 말했다.

"쓸 만한 무기와 아이템들을 챙기도록."

희생자들에 대한 슬픔이나 추모는 전혀 없었다.

주변의 시체 조각들은 고깃덩어리로 생각하고 있는 듯했고 한성은 자신만의 이익을 챙기고 있는 것처럼 보였다.

이런 한성이 못 마땅하다는 듯이 곱지 않은 시선이 쏟아지기 시작했다.

헌터들이 노려보고 있었지만 한성의 움직임에는 변화가 없었다.

자신에게 쏟아지는 시선 따위는 아무런 신경 쓰지 않는다는 듯이 아이템을 챙긴 한성이 말했다.

"이동한다."

"이봐! 어디를 가는 거야?"

한성이 냉소를 머금고 말했다.

"모두 못 들었나? 아티팩트가 재생된다면 일주일 걸린다고 했고 돌아가기 위해서는 캐논 플라워를 잡아야 한다고 했잖아. 캐논 플라워를 잡으러 가겠다."

한성의 말에 주변에서 거친 말들이 쏟아져 왔다.

"이놈. 미친 거 아니야? 어딘지 알고나 간다는 거야?"

"이봐! 너 말단이잖아! 말단 주제에 왜 지시야?"

"저 놈. 우리들 중에 레벨도 제일 낮지 않아?"

"이봐! 선배의 지시를 따르라고!"

한성은 짧게 물었다.

"움직이지 않으면 결국 모두 다 죽게 된다. 다른 의견 있는가?"

"……."

모두가 꿀 먹은 벙어리가 된 듯이 정적이 흘렀다.

그 누구도 해결책을 제시할 수는 없었다.

그때였다.

부상자를 치료하고 있던 여자 헌터 한명이 한성 앞으로 달려 나왔다.

"부상자들이 있다고요! 움직이지 못한단 말입니다!"

한쪽에서는 아까 뛰어갔던 자들이 부상자들을 들어 나르며 한 곳으로 모으고 있었다.

한성의 시선은 여자의 어깨 쪽으로 향하고 있었다.

'힐러.'

어깨에는 치료 스킬을 가지고 있다는 힐러를 뜻하는 붉은 색 십자가가 새겨져 있었다.

훗날 힐러는 전투에서 절대적인 역할을 하는 직책이 되었지만 지금은 아니었다.

아직까지 부상자를 치료할 수 있는 헌터의 숫자는 극소수였고 힐이라 하더라도 대부분 경미한 상처를 치료하는 것에 불과했다.

힐러들이 절대적인 역할을 하는 것은 40층 이상의 던전에서 힐링 스킬이 등장한 이후부터였고 현 상황에서는 하급 정수의 역할을 대신하는 정도에 머무르고 있었다.

여자 힐러는 쓰러져 있는 헌터들을 가리키며 말했다.

"당장 생명이 위독합니다. 치료를 하는 것도 힘든데 이동은 가당치도 않습니다!"

그제야 한성의 시선은 부상자들에게 향했다.

부상자들의 숫자는 여덟 명.

여덟 명의 부상자들 중 네 명은 중한 부상을 입고 있는 탓에 가망이 없어 보였고 두 명은 다리가 날아가 버린 탓에 이동이라는 것이 불가능해 보였다.

나머지 두 명 역시 전투가 불가능 한 상황이었는데 현재 상황에서 이들은 모두 다 짐이나 마찬가지였다.

지금 이 순간에도 부상자들 주변에서는 힐러들이 바쁘게 치료를 하고 있었는데 한성이 말했다.

"움직이지 못하는 자들은 모두 버리고 간다. 어쩔 수 없는 일."

차갑게 외면하는 한성을 향해 누군가 버럭 소리쳤다.

"이게 보자 보자 하니까!"

"아! 그만!"

누군가 한성을 치겠다는 듯이 달려들었고 곧바로 다른 헌터들이 사내를 말렸다.

당장이라도 한 대 칠 것 같은 기세이었지만 한성은 담담하게 말했다.

"헌터 수업에서 배우지 못했나? 부상당한 하나를 구하려 한다면 전체가 죽는다는 것을?"

더 이상 할 말 없다는 듯이 한성은 움직이기 시작했다.

누군가 한성의 앞을 가로막았다.

"동료를 버리면 너도 버림받는다는 사실도 배우지 않았나?"

한성은 자신의 앞을 가로막은 사내를 바라보았다.

박기주라는 사내로 나름 엘리트 출신의 사내였다.

기주가 말했다.

"틀린 말은 아니지만 최대한 노력은 해야 하지 않아? 사람이 죽어가고 있다고."

곧바로 처음 한성에게 소리쳤던 여자도 합류했다.

"맞아요! 더구나 댁은 공격형이잖아요. 이런 상황에서 공격형 헌터가 빠지면 어떻게 하라는 거예요! 제일 먼저 앞으로 나서서 부상자들을 보호해야 하잖아요!"

너무 싫었다.

자신을 노려보는 두 남녀의 눈빛 에서 생존도 시절 자신의 모습을 보는 것 같았다.

한성은 담담히 말했다.

"살고 싶은가?"

짧은 한성의 물음에 그 누구도 아무런 대답도 하지 못했다.

한성은 멈추었던 발걸음을 다시 움직이기 시작했다.

"살고 싶은 자들은 따라오도록."

따라오는 소리 대신 뒤에서는 냉소를 머금은 욕이 들려왔다.

"미친놈."

"가다 뒈져 버려!"

"제일 먼저 죽을 거다!"

한성의 뒤로는 그 누구도 따라오지 않고 있었다.

사실 따라올 자가 없을 거라 생각했다.

이들 대부분은 한성보다 던전의 경험이 많은 자들이었고 레벨 역시 대부분 40이상의 레벨 이었다.

38레벨에 불과한 한성이 이들의 리더가 될 수는 없었고 한성과 달리 이전부터 친분이 있는 이들은 부상자들을 내버리고 간다는 것을 생각조차 하지 못했다.

아무도 따라오지 않고 있었지만 오히려 한성은 반가웠다.

사실 이건 한성이 내심 바라는 일이었다.

부상자들을 버리고 가겠다고 말한 것 역시 아무도 자신을 따라오게 하고 싶지 않아서였다.

적어도 마지막 날까지는 한성은 홀로 행동하고 싶었다.

이 던전에서 한성이 원하는 것은 돈의 획득이었다.

자신이 던전의 주요 요소들을 알고 있다는 사실과 거액의 금액을 획득한다는 것이 다른 이들의 눈에 띄어서 좋을 것이 하나도 없었다.

❖

폭포.

얼마나 맑은 물이 흐르고 있는 지 폭포 아래에는 바닥까지 보이는 투명한 물이 고여 있었다. 이곳이 던전 안 이라는 사실을 말해주지 않는다면 폭포와 호수는 한 폭의 그림처럼 아름다운 휴양지의 모습처럼 보이고 있었다.

일행들을 떠한 후 한 번도 쉬지 않고 걸었던 한성은 걸음을 멈추었다.

강화석의 샘.

30층에서 그 어느곳 보다 강화석이 많이 나오는 곳.

훗날 헌터들은 이곳을 강화석의 샘이라고 불렀는데 말 그대로 파내도 파내도 끝없이 나오는 물처럼 강화석이 나오기 때문이었다.

아직 사람의 흔적이 전혀 닿지 않은 탓에 자신의 기억과는 약간 달라 보이는 부분이 있었지만 여전히 그 아름다움은 그대로였다.

물속에서는 은색 빛을 뿜어내고 있는 헤어테일이 보이고 있었다.

헤어테일은 갈치처럼 생긴 물고기였는데 그 크기가 3M에 가까웠다.

온순해 보이는 물고기가 한성의 목표물이었다.

더 정확하게 말하면 한성이 노리는 것은 헤어테일을 잡을 경우 일정 확률로 떨어뜨리는 강화석이었다.

30층부터 난이도가 급격하게 올라간 것 이상으로 보상 역시 그 이상으로 돌아왔다.

희귀한 아이템을 만들 수 있는 광석. 상급 정수. 금과 다이아몬드를 비롯한 각종 보석. 그리고 상급 강화석이 있었다.

단순히 가격 순으로 우선 순위를 정한다면 다이아몬드와 상급 정수가 높았지만 일단 광물을 캐기 위해서는 도구가 필요했고 시간이 상당히 소모 되었다.

상급 정수 역시 돈이 되는 아이템 이었지만 현 상황에서 상급 정수를 주는 몬스터를 혼자서 잡기에는 위험 부담이 있었다.

더구나 인벤토리 안에 넣을 수 있는 아이템의 양은 무제한이 아니었다.

결국 시간, 난이도, 위험 요소등 모든 것을 감당했을 때 최고의 아이템은 강화석 이었다.

강화석의 크기는 동전만 했기에 상당히 많은 숫자의 강화석을 인벤토리 안에 넣을 수 있었다.

지금 까지 강화석은 워낙에 희귀한 탓에 아주 극소수의 탑에 있는 자들을 제외하고 무기에 강화를 한다는 것은 상상 조차 할 수 없었다.

현재 30층을 돌파한 나라는 미국과 중국 밖에 없었는데 이 둘의 나라는 단합을 하여 아직까지 상급 강화석을 풀지 않고 있었다.

그 탓에 강화석 가격은 아직까지 상당히 높은 시세를 유지하고 있었는데 미국과 중국은 과거 타국들이 30층을 돌파하는 순간 일제히 강화석과 상급 강화석을 풀어 버렸다.

그 탓에 강화석 가격은 폭락하게 되어 버렸었다.

아직은 미국과 중국을 제외한 나라 중 어떤 나라도 30층을 돌파하지 못한 탓에 강화석의 시세는 유지되고 있었지만 대한민국이 30층을 점령하는 순간 강화석 값이 폭락할 것은 분명했다.

한성은 그 전에 강화석을 최대한 모아서 팔 계획을 가지고 있었다.

과거 탐험조로 활약을 했을 때 가장 많은 인원들이 배치가 된 곳이 이곳이었다.

상급 강화석은 강화석 100개당 하나씩의 비율로 떨어졌는데 일반 강화석이 떨어질 확률은 헤어테일 10마리를 잡았을 경우 하나였다.

결과적으로 단 한 개의 상급 강화석을 획득하기 위해서는 적어도 1000마리의 헤어테일을 잡아야 했다.

사냥 자리를 확보한 한성은 사방을 둘러보았다.

과거와는 다르게 재잘거리며 뛰어다니는 로머들의 소리가 들려오지 않고 있었다.

폭포 주변에 위협을 가할 만한 몬스터들이 없다는 사실은 알고 있었지만 로머의 기습은 랜덤이었던 탓에 한성은 미리 준비한 덫을 꺼내기 시작했다.

〈알리미의 덫.〉

설명: 대상에게 피해는 주지 않지만 상대가 나타났다는 것을 알려줍니다. 범위 5M. 상대는 덫에 걸린 것을 알아차릴 수 없습니다.

대부분의 탐색조들은 상대에게 피해를 주거나 만일의 사태에 달아나기 유용한 덫을 준비했는데 던전 입장 전 한성이 가장 많이 가져온 덫은 덫 중에 가장 범위가 넓은 알리미의 덫 이었다. 가장 넓은 범위에 설치가 가능한 알리미의 덫은 피해를 주지는 못했지만 적이 온 것과 적의 숫자를 알려주는 기능이 있었다.

기본적으로 알리미의 덫을 설치 한 후 로머들에게 최적화된 덫들을 골랐다.

〈연막의 덫〉

설명: 대상 주변으로 연막이 터지게 합니다. 연막은 덫에 걸린 상대의 스킬을 5초동안 봉쇄 합니다. 무기 스킬에는 적용되지 않습니다. 범위 2M. 레벨 50 이상에게는 적용되지 않습니다.

〈슬로우 덫〉

설명: 상대에게 16초간 움직임을 느리게 합니다. 지속시간은 다른 슬로우 스킬과는 중첩되지 않습니다. 범위 1M. 레벨 40 이상에는 적용되지 않습니다.

〈그물의 덫〉

설명: 10M 크기의 마나 그물이 쏟아집니다. 10초간 상대는 움직이지 못합니다. 레벨 40 이상에게는 적용되지 않습니다.

과거 수도 없이 했던 작업이었다.

30층에서 강화석 작업을 했던 기억을 되살리며 던전 입장하기 전에 가져온 덫들과 사망자들에게서 얻은 덫들을 호수 주변에 촘촘히 설치했다.

'로머는 난쟁이들. 덫으로 충분히 방어할 수 있다.'

덫의 설치를 끝낸 한성은 미리 준비해 놓은 무기를 꺼내 들었다.

〈상급 롱 스피어〉

등급: 상급

공격력: 161-170

설명: 창 치고는 약한 공격력. 하지만 일반 창보다 더 긴 길이와 가벼운 무게는 사용을 더 편하게 함.

〈상급 쉴드.〉

등급: 상급.

방어력: 120-148

설명: 상급 치고는 약한 방어력. 하지만 가벼운 무게는 사용을 더 편하게 함.

국가에서 무료로 제공된 무기와 방어구인 탓에 상대적으로 다른 상급 무기에 비해서 떨어지는 성능이었지만 지금 헤어테일을 상대하기에는 최고로 좋은 장비였다.

어차피 헤어테일을 잡는 데에 중요한 것은 공격력이나 방어력이 아닌 체력 소모를 최소화 할 수 있는 무게였다.

창과 방패를 든 한성은 곧바로 물 속으로 들어갔다.

물 반 고기반 이라는 말처럼 헤어테일의 은색 빛깔은

호수 전체를 은색으로 뒤덮고 있었다.

어깨 정도 높이의 물속에서 한성은 헤어테일의 움직임을 살펴 보았다.

외부의 누군가가 왔다는 것을 느꼈다는 듯이 헤어테일의 움직임이 빨라지기 시작했다.

냇가에서 물고기를 잡 듯이 한성은 움직임 없이 가만히 있었다.

호기심을 느낀 헤어테일 한 마리가 한성을 향해 다가왔다.

사정거리에 닿는 순간 한성은 창을 찔러 넣었다.

좌아아악!

머리 위에서부터 내리찍은 창은 그대로 헤어테일의 몸에 꽂혔고 창에 꽂힌 헤어테일은 파닥이며 곧바로 빛과 함께 사라져 버렸다.

빛이 된 아이템은 곧바로 한성의 인벤토리 안으로 스며들었다.

[마석 획득!]

획득한 아이템을 확인할 새도 없었다.

동료의 죽음을 의식해서 인지 옆에 있던 한 마리가 곧바로 물 밖으로 뛰어 올랐다.

좌아아앗!

꼬리가 흔들리는 것과 동시에 날카로운 은색 빛이 번쩍였지만 한성은 왼 손에 든 방패를 들어 올렸다.

과거 수천 아니 수만 번도 더 잡아본 경험이 있었다.

헤어테일의 공격은 방패에 막혀 버렸고 수면 위로 떠오른 헤어테일이 물속으로 들어가려는 순간 한성의 창이 헤어테일의 배를 찔렀다.

푸우욱!

생선 배가 갈리는 것처럼 헤어테일은 그대로 사라져 버렸다.

똑같은 아이템이 획득되었다는 소리가 들려왔다.

[마석 획득!]

강화석 대신 사실상 전혀 쓸모 없는 마석이 나왔다.

마석은 1000개를 모을 경우 연금술을 통해 강화석 1개로 전환 시킬 수 있었는데 곧 상급 강화석의 등장으로 강화석 값이 폭락될 지금 마석 따위는 한성에게 의미가 없었다.

쓸모없는 마석이 나오고 있었지만 강화석의 드랍 확률은 이미 알고 있었던 탓에 실망감 따위는 없었다.

동료 없이 홀로 하는 외로운 사냥이었지만 한성은 멈춤 없이 사냥을 계속했다.

헤어테일의 공격 패턴을 읽고 있는 이상 위험 따위는 없었다.

막고 찌르고를 무한 반복하는 지금 가장 중요한 것은 지구력과 체력이 가장 중요한 요소였다.

한성의 정신은 눈 앞에서 상대하고 있는 헤어테일이 아닌 주변으로 집중되고 있었다.

마음 같아서는 스킬들을 남발하며 눈 앞의 헤어테일들을 쓸어 버리고 싶었지만 로머를 의식한 탓에 스킬은 아끼고 있는 상황이었다.

덫이 보호하고 있는 가운데 로머들은 큰 위협이 되지 않을지 몰랐지만 언제 어디서 올지 모르는 공포감은 잠시도 긴장의 끈을 놓을 수 없게 하고 있었다.

몇 시간 후.

호수를 넘칠 정도로 빛내고 있던 은색빛이 사라져가고 있었다.

헤어테일의 숫자가 줄어들면서 인벤토리 안으로는 강화석들이 쌓이고 쌓이고 있었다.

간간히 상급 강화석들까지 나타나고 그 어떤 곳보다도 빠르게 많은 돈이 획득 되어졌다.

돈으로 환산 한다면 벌써 수억은 웃돌 금액이 쌓이고 있었지만 한성은 굳은 표정을 짓고 있었다.

'다르다.'

자신의 기억과는 다른 부분이 있었다.

자신이 30층에서 강화석 채취를 할 때 수도 없이 보았던 로머는 켈로비스 주니어였다.

켈로비스의 모습을 크게 축소시켜 놓은 듯 한 난쟁이 모습의 꼬마 켈로비스들이 시끄럽게 떠들며 우르르 몰려 다녔었다.

작은 손 도끼를 무기로 쓰는 꼬마 겔로비스는 주니어라는 말에서 알 수 있듯이 파괴력이나 공력력은 레벨 30 근처 수준밖에 되지 않았다.

플레이어에게 큰 위협을 준 다기 보다는 시도 때도 없이 나타나 작업에 방해를 하는 거추장 스러운 존재에 불과했다.

작업의 속도를 늦추지 않게 하기 위해서 헌터들은 대비책을 마련했는데 그 해결책이 바로 덫 이었다.

빠른 움직임과 떼를 지어 몰려다니는 장점이 있었지만 동료가 덫에 걸리더라도 무식하게 돌진하는 낮은 지능은 덫으로 충분히 커버가 되었었다.

한성 역시 홀로 사냥을 한다 하더라도 덫만 있다면 충분히 대비를 할 수 있다고 생각했었는데 예상과 다르게 진행되고 있었다.

예상대로라면 자신이 가져온 알리미의 덫이 울려도 수십번은 울려야 했는데 어찌된 일인지 덫이 작동하기는커녕 움직임 소리조차 들려오지 않고 있었다.

무언가 잘못 진행되고 있었다.

'쉽게 가게 해 주지 않는군.'

한성은 사냥을 멈추었다.

아직 어떤 위협도 감지되지 않았지만 30층 던전은 조금의 실수도 용납될 수 없는 곳 이었다.

커다란 바위를 등지고 앉은 한성은 기억을 더듬었다.

'그 때와 달라진 것은?'

자신의 기억과 다르다는 것은 켈로비스가 죽기 전에 던전에 들어왔기 때문이라고 밖에 생각할 수 없었다.

불현 듯 과거 이곳에서 같이 탐험조로 일했던 선배 동진의 모습이 떠올라왔다.

동진은 무용담처럼 자신이 이야기를 했는데 그 중 하나가 떠올라왔다.

"이건 극비인데 말이야. 사실 30층 보스는 인간처럼 성욕을 느낀다니까. 그래서 초반에 30층에서는 여자들이 수도 없이 분신체에게 납치 되었어."

과거 한성이 30층에 입장을 했을 때는 이미 30층 던전 보스는 죽은 후 이었다.

그 당시 떠도는 소문이 하나 있었는데 처음 던전에 들어왔을 때 유달리 여자 헌터들이 많이 납치 되었다는 소문이 있었다.

"나중에 던전 보스 몬스터를 제압했을 때 여자 시체들이 우르르 쏟아져 왔는데 뼈 하나 하나 아작냈더라고. 이건 고문을 한 거라고. 마치 장난감을 가지고 놀 듯이 데리고 논 거야. 납치 되었다가 기적적으로 살아남은 여자도 있었는데 완전 미쳐 버렸어. 본 광경을 제대로 말 조차 하지 못했다니까. 이건 완전 미치광이 살인마랑 똑같다고. 내 아직까지 그토록 참혹한 광경은 본적이 없었다고!"

던전에서 동료들을 모두 다 잃고 충격에 알콜중독에 빠져버린 선배의 말은 당연히 그 누구도 믿을 수 없는 말이었다.

몬스터가 성욕을 느낀다는 것은 당연히 상상을 할 수 없었고 한성 역시 누군가 여자들에게 겁을 주려고 만든 소문이라고 치부해 버렸다.

기억이 더욱더 선명해 지고 있었다.

모두가 믿지 않는 얼굴을 할 때 그는 억울하다는 듯이 목소리를 높였었다.

"진짜라니까! 원래 30층 던전은 처음에는 로머가 지금처럼 난쟁이 같은 놈들이 우르르 몰려다니지도 않았어. 켈로비스의 모습과 똑같은 체격의 암살자들이 로머였다고!"

당시 술 냄새를 풍기며 말했던 그의 말이 사실처럼 다가오고 있었다.

❖

3일이 지났지만 아무런 습격도 없었다.

설치한 덫 역시 아무런 반응을 보이지 않고 있었다.

그럼에도 긴장의 끈을 놓을 수 없었던 한성은 거의 뜬 눈으로 잠을 잤으며 에너지바로 떨어진 체력을 보충했다.

그동안 상당히 많은 강화석들이 인벤토리 안에 쌓여있었지만 지금 상황에서 더 중요한 것은 강화석이 아니라 로머였다.

정보가 없었다.

아직까지 술주정뱅이 선배의 말을 완전히 믿을 수는

없었다.

그렇다고는 하나 상식적으로 생각했을 때 로머가 없을 리는 없었다.

던전 보스인 몬스터들은 특정 지역 밖으로 나올 수 없었다.

켈로비스 주니어들이 아닌 이상 분명 다른 로머가 있을 것이 분명했는데 어떤 실력을 가지고 있는지 숫자가 얼마나 있는지는 알 수 없었다.

잠시 고민하고 있던 한성은 레이다를 살펴 보았다.

레이다는 생존 인원을 알려 준다는 듯이 헌터들을 점들로 표시해 보여주고 있었다.

한성은 점의 숫자를 세어 보았다.

총 42명의 생존자 중 현재 살아있음을 나타내는 표시는 서른 여덟 명이었다.

중한 부상을 입고 있던 부상자들이 죽은 걸로 추측 되었고 나머지는 어느새 두 그룹으로 나뉘어져 있었다.

한 그룹은 아티팩트에서 그다지 떨어지지 않은 쪽에 머물러 있었고 다른 한 그룹은 캐논 플라워가 있는 쪽으로 이동하고 있었다.

아마도 아티팩트 근처에 남아 있는 자들은 부상자과 그들을 보살피고 있는 자들로 추측 되었고 다른 그룹은 캐논 플라워의 정확한 위치를 파악하기 위해 이동하고 있는 것으로 보였다.

캐논 플라워 쪽으로 이동하고 있는 자들의 숫자는 여덟 명으로 생각보다 많지 않았는데 이동하는 속도와 숫자로 미루어 보아 캐논 플라워를 잡으러 간다기 보다는 선발대의 역할을 하겠다는 듯이 길을 확인하는 걸로 보이고 있었다.

한성은 헌터들의 모습을 한 눈에 보기 위해 레이다의 범위를 최대한 도로 넓게 했다.

레이다를 가져 온 이유는 단순히 다른 플레이어들의 생사를 확인하기 위해서만은 아니었다.

만일 습격을 당해 헌터들이 사망을 한다면 그곳이 바로 로머가 있는 위치였다.

플레이어가 사망을 할 경우 레이다의 점은 그대로 사라져 버렸는데 아직까지 헌터들 역시 습격을 당한 자는 없는 것으로 보였다.

한성의 머리는 빠르게 움직였다.

'아직까지 나타나지 않았다는 것은 에솔릿과는 다르게 클리어 아이 스킬이 없다는 것을 의미한다. 또한 로머의 숫자도 많지 않다는 것을 의미한다.'

몬스터가 헌터들처럼 레이다를 가지고 있을 리 없었으니 에솔릿처럼 클리어 아이 스킬이 없다면 헌터들의 움직임을 일일이 눈으로 확인할 수밖에 없었다.

로머의 모습과 숫자를 알지 못하는 상황에서 한성이 할 수 있는 일은 레이다로 상황을 지켜 보는 것 뿐이었다.

얼마나 시간이 흘렀을까?

에너지바를 씹으며 레이다를 바라보던 순간이었다.

한성의 눈이 커졌다.

'나왔다!'

캐논 플라워를 향해 천천히 이동했던 점들이 하나 둘 씩 빠르게 사라지고 있었다.

상황을 직접 볼 수는 없었지만 레이다에 나타난 점들의 움직임만으로도 로머가 나타난 것을 추측할 수 있었다.

분명 캐논 플라워를 향한 헌터들은 탐색조들 중에서 실력이 뛰어난 자들 일 것이 분명했다.

그런 헌터들이 이렇게 까지 빠르게 사라졌다는 것은 로머의 숫자가 많거나 압도적인 실력 차가 있다는 것을 의미했다.

심장이 뛰었다.

'벌써 넷!'

네 개의 점은 순식간에 삭제되듯이 사라졌고 다른 네 개의 점은 달아나는 듯이 빠르게 흩어지고 있었다.

흩어졌다는 것은 헌터들이 이미 싸울 생각조차 하지 못하고 있다는 것을 의미했다.

한성의 눈은 레이다에 집중되었다.

과연 달아나고 있던 점들 역시 하나 둘 씩 사라져 가고 있었다.

서로 떨어진 채 달아나고 있던 점들 중 두 개가 동시에 사라진 것으로 미루어 보아 상대는 한명 이상으로 보이고 있었다.

순식간에 일곱 개의 점들은 사라져 버렸고 마지막 한 개의 점만이 생존을 알리고 있었다.

한 개의 점은 더 이상 움직이지 못하고 있다는 듯이 제자리에서 고정 되어 있었다.

한성의 눈이 커졌다.

'전멸. 어엇?'

당연히 사라질 거라 생각했는데 의외의 일이 벌어졌다.

마지막으로 남은 점은 끝내 사라지지 않았다.

잠시 멈추었던 점은 곧바로 이동을 하기 시작했다.

특이하게도 이동 방향은 헌터들이 있는 곳과는 점점 더 멀어져 가고 있었다.

'설마?'

멀어져 가는 방향은 헌터들이 있는 방향과 정 반대 방향으로 이동하고 있었고 속도 역시 빨랐다.

평소 움직임 보다 훨씬 더 빠른 속도 이었는데 현 상황에서 헌터들 중에 이런 속도를 낼 수 있는 헌터는 없었다.

한 가지 추측이 떠올라왔다.

다른 헌터들은 모두 다 사라졌는데 지금 한명은 사라지지 않았다는 것은 납치를 당했다고 생각할 수 있었다.

'설마 여자?'

30층에 올라온 헌터들 중에 여자들도 상당수 있었다.

캐논 플라워를 향해 움직였던 헌터들 중 여자 헌터가 있는 것은 의외의 일은 아니었다.

반신 반의 했던 동진의 말이 떠올라왔다.

'그 분신체들은 남자들은 가차 없이 죽였는데 여자들은 산 채로 납치해 켈로비스에게 갖다 받쳤다니까. 죽은 남자들은 남자로 태어난 걸 다행으로 여겨야 해. 적어도 짧은 고통으로 죽어 버렸잖아? 여자 헌터처럼 끌려 갔으면 더 끔찍하게……'

한성의 얼굴에 불편한 기색이 가득해졌다.

선배의 말이 점점 더 맞아 들어가고 있는 것 같았다.

지금 움직이고 있는 점이 여자 헌터라면 모든 가설이 맞아 들어가는 것이다.

한성은 곧바로 레이다의 범위를 크게 해서 살아있는 헌터가 향하는 쪽을 바라보았다.

아직 지도가 없었지만 과거의 경험으로 대략 적인 던전의 위치는 한성의 머릿속에 있었다.

'틀려라. 틀려라.'

마음속으로는 선배의 말이 틀리길 간절히 바라고 있었다.

얼마의 시간이 지나고 한성은 마음속으로 놀라움을 내뱉었다.

'아!'

마지막 생존자가 더 이상 움직이지 않고 있는 곳은 바로 보스 몬스터가 있는 지역이었다.

❖

하루가 지났다.

한성의 시선은 여전히 레이다에 머물러 있었다.

한성의 시선이 외로이 홀로 반짝이고 점으로 향했다.

납치가 되었다고 생각된 여자 헌터는 여전히 켈로비스가 있는 곳에서 머물러 있었다.

반짝이고 있는 점은 아직 살아 있음을 나타내고 있었지만 한성의 표정은 어두웠다.

'차라리 그냥 죽는 게 나을 지도.'

어떤 일이 일어나고 있는 지는 알 수 없었지만 끔찍한 일이 일어나고 있다는 생각은 지울 수 없었다.

생존도에서와 비슷한 상황이 발생되었다.

그때 자신은 여인을 구한다는 생각을 가졌었고 그 결과 모두가 죽게 되는 결과를 만들었다.

실제로 겪어 본 적은 없었지만 30층의 보스 몬스터라고 한다면 디케이 따위는 비교할 수 없다는 것 쯤은 충분히 알고 있었다.

적어도 에솔릿과 동등한 또는 그 이상의 실력을 가진 몬스터임이 분명했는데 이런 상황에서 혼자 간다는 것은 자살이나 다름없었다.

생존도에서와 비슷한 상황이 벌어지고 있었지만 지금 한성의 생각은 그때와 달랐다.

여자를 구하겠다는 생각은 없었다.

던전 보스는커녕 로머만 하더라도 감당하기 힘들 것이 분명했는데 이 난국을 풀어갈 방법은 다른 헌터들을 이용하는 것이라는 생각이 들고 있었다.

캐논 플라워는 문제가 아니었으니 남은 시간 동안 다른 헌터들이 희생이 되는 동안 피해 다니는 것이 최선의 선택이었다.

외로이 홀로 구조를 기다리고 있는 점을 바라보고 있던 한성의 시선이 본진 쪽으로 향했다.

본진 쪽에서 새롭게 움직이고 있는 모습이 보이고 있었다.

'헌터들의 위치를 파악할 수 있는 레이다의 개수는 적어도 4개. 분명 본진에서도 선발대가 사라졌다는 것을 알고는 있을 거다.'

분명 먼저 간 선발대가 사라졌고 하나의 점이 먼 곳에서 반짝이고 있었으니 본진에서 새롭게 헌터들을 출발 시킨 것으로 보였다.

'열여섯 명.'

선발대와는 다르게 무려 열여섯 명이었다.

이들이 움직이고 있는 방향은 캐논 플라워가 있는 쪽이 아니었다.

이들이 향하는 방향은 외로이 홀로 반짝이고 있는 점을 향해 움직이고 있었는데 그곳은 바로 켈로비스가 있는 보스 던전이었다.

이번에 출발한 자들의 숫자는 열여섯 명이었지만 한성은 고개를 흔들었다.

분명 납치된 동료를 찾으러 가는 것이 분명했지만 분신체도 감당하지 못하는 실력을 가지고 보스 몬스터에게 도전을 하는 것은 자살이나 마찬가지였다.

어쩌면 이 역시 던전 보스 몬스터가 함정을 파 놓은 것일지도 몰랐다.

'미끼로 잡고 노리고 있을 지도 모른다.'

그때였다.

레이다를 보고 있던 한성의 표정에 변화가 생겼다.

레이다에는 아무런 반응이 없었다.

지금 반응은 자신이 있는 곳에서 일어나고 있었다.

지금껏 잠잠했던 덫이 알림을 전해왔다.

[적 출현! 반경 5M.]

'왔다.'

지금까지 레이다에 정신이 팔렸는데 지금 나타난 로머는 자신에게 다가오고 있었다.

주변 곳곳에 뿌리다 시피 설치한 덫은 생생하게 상황을 보고하고 있었다.

[몬스터 접근! 덫과의 거리 3M! 몬스터 숫자 한 마리.]

다행스럽게도 상대는 단 한 마리뿐이었다.

한명이라는 사실이 다행이기는 했지만 상대에 대한 정보

가 아무것도 없는 상황에서 마냥 기뻐할 일은 아니었다.

로머가 던전 보스 몬스터만큼 무자비하게 강하다고는 생각할 수 없었지만 어느 정도의 강함을 가지고 있는지는 알 수 없는 노릇이었다.

고민할 새도 없이 한성은 재빨리 창과 방패를 챙겨 들었다.

몬스터가 나타났음을 알리는 쪽으로 움직이려 했던 한성은 방향을 바꾸었다.

'로머의 모습, 능력. 아직 그 어떤 것도 모른다.'

짧은 순간 이었지만 한성의 머리는 빠르게 움직였다.

'연막의 덫이 작동되지 않았다. 상대의 레벨은 50 이상.'

스킬을 잠시 동안 봉쇄시켜 주는 연막의 덫 역시 곳곳에 설치되어 있었는데 한성이 설치한 연막의 덫은 레벨이 50 이상 되는 몬스터에게는 일체 반응하지 않았다.

지금 상황에서는 연막의 덫이 작동되지 않은 것이 다행일지도 몰랐다.

상대는 분명 자신이 기습을 당하고 있다는 사실을 알지 못하고 생각하고 있을 것이 분명했다.

'상대는 내가 준비하고 있다는 사실을 아직 모른다.'

레벨, 장비, 사용할 수 있는 스킬, 그 무엇 하나 로머에 비해 우월하다고 생각되는 것은 없었다.

정면으로 승부를 보는 것은 확실하지 않았다.

'적의 방심을 노린다!'

몬스터가 접근하고 있었지만 한성은 아무것도 모르는 척 호수 속으로 들어가 헤어테일을 사냥하는 척 하기 시작했다.

눈 앞에서 헤어테일들이 춤을 추고 있었지만 한성의 창은 건성으로 움직이고 있었다.

한성의 모든 신경은 사용할 스킬과 뒤에서 자신을 노리는 몬스터에게 집중되고 있었다.

'스킬 준비.'

자신이 사용할 두 개의 스킬을 떠올렸다.

〈도약. 레벨 III〉

설명: 6M 높이 까지 뛰어 오를 수 있습니다.

특징: 도약으로 얻은 가속도는 무기에 추가 데미지 효과를 줍니다. 쿨 타임 14시간.

〈일격 필살. 레벨 I〉

설명: 창 스킬. 타깃으로 삼은 상대에게 순간적으로 응축되었다 폭발시키는 창의 에너지를 전달합니다.

특징: 치명타 확률, 치명타 데미지 각각 50% 증가. 쿨 타임 1시간.

창 스킬은 익숙하지 않았지만 상대의 실력을 모르는데 에벼락같은 기습을 하기에 가장 좋은 스킬이 지금 준비하고 있는 스킬 이었다.

한성이 준비를 하고 있는 동안 예상처럼 뒤쪽에서는 검은 그림자가 서서히 다가오고 있었다.

❖

알리미의 덫에 걸린 것을 알지 못한 채 몬스터는 천천히 한성의 뒤쪽을 향해 다가가고 있었다.

정신없이 헤어테일을 잡고 있는 한성을 바라본 몬스터는 단검을 꺼내 들었다.

'흐흐흐. 단검 공격은 뒤치기가 제 맛이지. 모체가 아니라 아쉽군.'

목표물을 확인한 몬스터는 양 손에 든 단검을 교차하며 스킬을 발동시켰다.

'피해 면역 쉴드!'

곧바로 몬스터의 몸에는 눈에 보이지 않는 투명한 쉴드가 생겨났다.

〈면역 쉴드 레벨 Ⅳ〉

설명: 그 어떤 강한 물리 공격이라 하더라도 10분 동안 4대 까지 무효화 시킵니다. 쿨타임 3시간.

특징: 마법효과에는 적용되지 않습니다. 물리공격에 피해를 입지는 않지만 힘은 전달되어 집니다. 아무리 약한

공격이라 하더라도 공격을 받으면 공격 받은 횟수만큼 쉴드의 면역은 차감 됩니다.

'아무리 약한 적이라도 방심은 금물!'

쉴드가 온 몸에 생겨난 것을 확인한 몬스터는 두려울 것이 없다는 듯이 움직이기 시작했다.

무방비 상태로 보이고 있는 한성의 뒤를 향해 살며시 걷는 순간이었다.

피시식!

발 끝에 무언가 살짝 반짝이며 무언가가 걸렸다.

[슬로우 덫! 작동했습니다! 16초간 움직임이 느려집니다!]

면역 쉴드는 물리 공격에는 보호가 되었지만 지금 같은 마법 공격에는 효과가 없었다.

자신의 안방이나 마찬가지인 곳에서 덫이 설치되어 있을 거라고는 상상조차 할 수 없었다.

"오옷!"

몬스터의 짧은 비명이 끝나기도 전이었다.

촤아아앗!

물보라가 일어나며 물속에 있던 한성의 몸이 번개 같이 솟구쳤다.

도약 스킬을 사용하여 뛰어오른 한성의 몸은 수 미터 높이를 솟아오르며 회전하고 있었다.

이미 몬스터의 위치는 파악하고 있었다.

몬스터의 정체를 확인하기도 전에 한성의 창은 그대로 벼락 같이 몬스터를 향해 찍어 내려 왔다.

'죽어! 어엇?'

갑작스러운 기습에 슬로우 스킬까지 걸려 있는 상황이었으니 몬스터 입장에서는 피하려야 피할 수 없는 공격 이었다.

한성의 창이 몬스터의 심장에 명중되는 순간이었다.

챙!

마치 두꺼운 방탄유리를 찌른 듯 했다.

몬스터를 찌른 창이 오히려 튕겨나간다는 느낌을 받는 순간 이었다.

몬스터는 비명을 내질렀다.

"크아악!"

몬스터는 내리찍은 창의 힘에 뒤로 튕겨나고는 있었다.

몸에는 피 한방울도 튕기지 않고 있었지만 힘의 전달은 되었다는 듯이 몬스터는 균형을 잃으며 뒤로 휘청휘청 거리고 있었다.

놀란 쪽은 심장이 명중된 몬스터만이 아니었다.

창을 찔러 넣은 한성 역시 놀람을 감출 수 없었다.

'면역스킬? 사람?'

상대가 면역 스킬을 가지고 있다는 사실 보다 몬스터의 모습이 더욱더 놀라웠다.

눈 앞에서 비틀 거리고 있는 로머는 몬스터라고는 상상할 수 없는 외모였다.

아니 더 정확하게 말한다면 사람과 똑같은 외모의 사내였다.

NEO MODERN FANTASY STORY

7. 대거.

회귀의 절대자

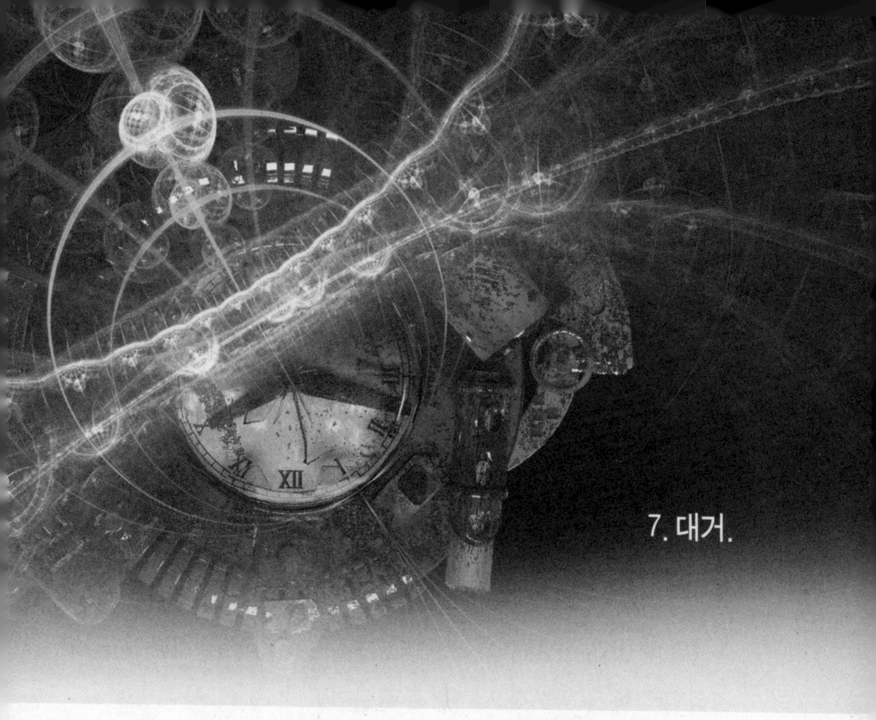

7. 대거.

훗날 던전이 점령된 후에도 대다수의 사람들이 모르고 있는 사실이 있었다.

30층 공략이 유난히도 어려웠던 이유는 단지 아티팩트가 파괴되었기 때문만은 아니었다.

시작과 동시에 아티팩트가 공격 받는 다는 사실에 묻혀 버렸지만 실제 30층의 점령이 어려웠던 이유가 바로 이들 몬스터들 때문이었다.

켈로비스의 분신체.

30층 던전이 개방된 후 나오는 난쟁이 같은 분신체들은 사실 켈로비스의 분신체들이 아니었다.

실제 켈로비스의 분신체들은 켈로비스가 죽기 전에 나온

이들이 진짜 분신체였다.

난쟁이 분신체들과는 비교할 수 없을 정도로 뛰어난 실력을 가지고 있는 이들이 진짜 로머였고 이들이 바로 30층 던전의 학살자들 이었다.

인간과 똑같은 모습.

몬스터가 아닌 인간이 던전의 보스라는 사실은 인류에게 큰 충격을 주었다.

31층 부터는 몬스터 다운 모습을 한 몬스터들이 던전의 보스 이었는데 유달리 30층 만큼은 인간과 똑같은 모습을 한 자가 던전 몬스터였다.

이들의 존재는 일종의 불편한 사실이 숨겨져 있었는데 결국 각국에서 의도적으로 감춘 부분이었다.

그 탓에 30층 로머에 대한 정보는 켈로비스 주니어로 기록되어져 있었고 많은 이들이 진짜 켈로비스의 분신체를 알지 못하고 있었다.

❖

창의 힘에 밀린 분신체는 뒤쪽으로 주춤거리며 밀려나고는 있었지만 쓰러지지 조차 않았다.

“이. 이런 벌레 새끼가!”

눈앞의 사내는 말까지 하고 있었다.

‘증폭!’

놀랄 새도 없이 한성은 곧바로 증폭 스킬과 함께 창을 쑤셔 넣었다.

좌아아앗!

레벨 40까지의 힘을 뽑아낸 창이 맹렬한 기세를 뿜으며 뻗어나갔다.

슬로우에 걸려 있는 사내가 당연히 명중될 거라 생각했지만 사내의 몸이 가볍게 흔들리는 순간이었다.

마치 바람에 흔들리는 갈대처럼 출렁거린 사내의 몸은 창을 빗겨나가게 했고 곧바로 사내의 손이 번쩍이며 단검이 빛을 발산했다.

'빠르다!'

슬로우 스킬이 아직 풀리지 않은 상황이었지만 그 속도는 일반 몬스터의 속도에 비할 바가 아니었다.

한성이 재빨리 방패로 몸을 가리는 순간 이었다.

단검의 위력이라고는 믿기지 않는 충격이 연이어 전해져 왔다.

쾅! 쾅! 쾅!

단검이 아니라 해머로 내리찍는 듯한 충격 뿐 만 아니라 분명 한 개의 단검이 명중되었을 뿐이었는데 충격은 세 번이 전달되어 왔다.

'연타스킬!'

상대는 면역 스킬 뿐만 아니라 연타 스킬까지 가지고 있었다.

도저히 단검이라고는 믿을 수 없는 힘이 전해져 오며 한성의 방패를 연타하고 있었다.

퍼퍼벙!

무기 수준 역시 다르다는 듯이 단검의 연이은 공격은 그대로 방패를 산산조각 내버렸다.

'레벨, 무기 수준이 다르다.'

이 정도로 차이가 난다면 상대의 무기 뿐만 아니라 레벨 역시 차이가 난 다는 것을 의미했다.

정작 공격을 한 사내는 오히려 한성이 죽지 않은 것에 놀란 듯이 물었다.

"너, 너 이 새끼 뭐야? 왜 안 죽어?"

함정을 설치해 놓고 자신을 기다린 것도 모자라 연타 공격까지 막아 버리는 헌터가 있을 거라고는 생각조차 할 수 없었다.

대꾸할 새도 없었다.

한성의 손에 들고 있던 창과 부셔진 방패는 이미 던져 버린 후였다.

한성의 손에는 2M에 가까울 정도로 거대한 낫이 들려 있었다.

손에 익숙하지 않은 낫이었지만 지금 상황에서는 별 다른 선택의 여지가 없었다.

자신이 가지고 있는 무기 중에 연타 스킬이 있는 무기는 낫이 유일했다.

머릿속은 빠르게 움직였다.

'면역 스킬을 가지고 있다. 속공도 나보다 위. 창으로 한 방이 차감 되었겠지만 과연 몇 번이 남아 있을까?'

이것 저것 따질 여유도 없었다.

한성은 곧바로 달려들었다.

상대의 실력을 완전히 알지는 못했지만 슬로우 덫이 걸려 있는 지금의 기회를 놓친다면 다시는 기회가 없다는 것을 알고 있었다.

가차 없이 낫을 휘두르는 순간 이었다.

사용해보지 않은 어색한 무기인 탓에 자세가 안정되지 않았지만 낫은 스스로 알아서 움직인다는 듯이 흔들리며 날카롭게 뻗어가고 있었다.

대형 낫이 떨어져 오고 있었지만 사내는 눈 하나 깜빡 하지 않고 있었다.

낫이 떨어지는 순간 면역 스킬을 믿고 있다는 듯이 사내는 피하기는커녕 정면으로 달려들며 단검을 쑤셔 넣었다.

당연히 낫의 길이가 단검보다 훨씬 더 길었다.

단검이 한성의 몸에 닿기도 전에 사내의 몸에 낫이 닿는 순간이었다.

'훙! 면역이다!'

낫이 자신의 몸에 떨어지고 있었지만 사내는 여전히 한성의 목을 노리며 단검을 찔러 들어가고 있었다.

그때였다.

낫이 반짝이며 순간 여섯 개의 낫이 동시에 떨어져 왔다.

순간적으로 여섯 개로 보인다는 것은 여섯 번의 연타 스킬이 발산 되었다는 것을 의미했다.

챙! 챙! 챙!

"허억!"

쉴드가 으깨지는 소리에 사내의 눈이 크게 떠졌다.

처음으로 입장을 한 헌터가 연타 스킬을 가지고 있는 무기를 가지고 있을 거라고는 상상조차 할 수 없었다.

분신체가 가지고 있는 면역 쉴드는 네 번의 방어까지만 가능했다.

세 번째 낫의 공격이 떨어지는 순간이었다.

챙그랑!

일반 쉴드가 깨져 버리는 것처럼 더 이상 피해 면역이 불가능했던 쉴드는 그대로 깨져 버리고 말았다.

"허억!"

놀란 분신체의 몸에 연이어 두 대의 낫이 떨어져 왔다.

차아악!! 차아악!

낫은 면역 쉴드가 사라진 사내의 몸을 긁어 버리듯이 내리 찍어 졌다.

"케에에엑! 이럴 수가!"

사내의 몸에서 피가 튀어 오르는 가운데 에서도 즉사 하지 않고 있었다.

일그러진 표정을 지은 사내는 휘청 휘청거리면서도 뒤로

물러섰다.

물러서는 사내의 발 끝에서 속공을 표시하는 마나의 기운이 솟아오르고 있었다.

[슬로우 5초 후에 해제 됩니다.]

슬로우 스킬에 걸려 있었지만 사내의 속공 속도는 슬로우에 걸린 상태라고 믿을 수 없는 속도를 내고 있었다.

5초가 마지막 기회였다.

'속공!'

한성 역시 속공 스킬을 발산하며 속도를 최대한도로 끌어 올렸다.

속공 레벨에 차이가 있기는 했지만 슬로우 스킬에 감속이 된 상대의 속공은 한성의 속공을 능가 하지는 못하고 있었다.

한성은 사내의 몸에 부딪치겠다는 듯이 돌진하며 목을 향해 낫을 휘둘렀다.

'잡아야 해!'

슬로우에 걸린 사내의 속공은 한성의 속공과 낫의 길이를 벗어나지 못했다.

면역 스킬이 완전히 사라진 지금 낫의 움직임은 거침없었다.

"어어어엇!"

면역 쉴드가 사라진 지금 사내의 얼굴에는 당황함이 역력했다.

촤아아앗!

낫은 깨끗하게 사내의 목을 몸과 분리 시켜버렸다.

사내의 머리가 땅에 떨어지는 순간 축하를 하 듯이 기계음이 울렸다.

[레벨업! 레벨 39 달성!]

레벨업을 했다는 사실은 제대로 귀에 들어오지도 않고 있었다.

"하아! 하아!"

한성은 거친 숨을 내쉬고 있었다.

아직도 믿기지 않았다.

땅위에 쓰러진 시체는 사람의 모습 그대로를 보여주고 있었다.

안도 보다는 걱정이 들고 있었다.

'면역스킬에 연타 스킬.'

고개를 흔들었다.

이런 로머를 몇이나 더 상대해야 할지 알 수 없었다.

'로머의 숫자도 모르고 얼마나 많은 스킬을 가지고 있는지도 알 수 없다.'

상대가 방심을 한 탓에 제압하기는 했지만 덫 없이 정면에서 부딪친다면 상대를 제압하기가 쉽지 않아 보였다.

문제는 또 있었다.

한성의 시선이 자신이 들고 있는 낫으로 향했다.

자신이 가지고 있는 유일한 연타 무기는 쿨 타임이 120

시간 남아 있었다.

즉 120시간 이내 또 다른 로머를 만난다면 면역 쉴드를 가지고 있는 상대를 제압할 수는 없었다.

그때였다.

목과 몸이 분리된 시체는 빛으로 소멸 되어 버렸고 사라진 자리에는 무언가 반짝이는 단검이 두 자루 보이고 있었다.

〈켈로비스의 희귀 단검〉

등급: 상급

공격력: 121-131

설명: 상급에서 최고의 공격력을 가진 단검. 레벨 50 미만 사용 불가.

특수효과: 명중 시 무조건 연타 3회 가능. 쿨타임 72시간

낫과는 다르게 연타가 3회 뿐이었지만 두 개의 단검을 동시에 사용한다면 6회였다.

새로운 연타 무기가 생겼다는 것에 한성이 잡자 단검은 가벼운 전기를 일으켰다.

[레벨 50미만 사용 불가 합니다.]

억지로 붙잡고 있어 보았지만 전기의 강도는 더욱더 강해져 오고 있었고 한성은 들고 있던 단검을 인벤토리에 넣을 수 밖에 없었다.

레벨 50 미만은 제약이 있는 단검 이었다.

로머들의 레벨이 모두 다 똑같은지는 알 수 없었지만 지금 상대한 로머로 미루어 보아 다른 로머들 역시 면역 스킬과 연타 스킬을 가지고 있을 것이 분명했다.

5일째.

비가 내리기 시작했다.

폭포 뒤의 동굴 속에서 한성은 비를 피하며 웅크리고 있었다.

온 신경은 덫에 집중되어 있었고 시선은 손에 든 레이다의 점들에게 집중되어 있었다.

납치된 헌터를 구하러 떠났던 헌터들 역시 비를 피하고 있다는 듯이 점들은 한 곳에 모여 움직이지 않고 있었다.

로머의 숫자가 많지는 않은 것인지 아니면 보스 몬스터가 의도적으로 유인을 하는 건지는 몰라도 아직까지 헌터들이 습격을 당한 흔적은 보이지 않고 있었다.

'던전의 보스가 사람과 똑같은 모습이라는 사실은 듣지 못했었다. 의도적으로 감추었다는 말이군.'

던전의 보스가 사람이라는 사실과 여자들만 납치 된다는 사실을 연관시키자 한 가지 생각이 떠올랐다.

올해 대중들에게 알려지게 되는 절대자의 또 다른 비밀.

대혁명의 본격적인 불꽃을 지피게 될 사건이 떠올라 왔다.

'이미 던전에서 진행하고 있었던 건가?'

그때였다.

레이다를 보고 있던 한성은 인기척을 느꼈다.

비가 쏟아 붓고 있는 가운데에서 호수 근처에서 움직이는 검은 그림자의 모습이 보였다.

알리미 덫이 작동하지 않았고 다른 덫들이 있음에도 불구하고 그림자는 유령처럼 주변을 왔다 갔다 하고 있었다.

한성이 무기를 잡는 순간 그림자의 정체를 알아볼 수 있었다.

그림자의 정체를 확인한 한성은 들고 있던 무기를 내려놓았다.

그림자의 정체는 바로 던전에 처음 입장했을 때 나왔던 도우미였다.

도우미는 던전 곳곳을 돌아다녔는데 바꾸어 말하면 한 곳에서 움직이지 않고 계속 머문다면 반드시 한번은 만나게 되었다.

도우미는 던전에 관한 모든 것을 알고 있었다.

한성이 바라보자 마치 게임 속 캐릭터가 반응을 한 것처럼 사내는 순식간에 한성 앞으로 다가왔다.

덫뿐만 아니라 물 까지도 반응하지 않는다는 듯이 폭포를 지나쳐 왔지만 사내의 몸에는 물 한방울 묻어 있지 않았다.

처음 나왔을 때 감정 없는 초췌한 모습과는 다르게 도우미는 입가에 미소를 머금고 있었다.

도우미는 웃음을 흘리며 말했다.

"흐흐흐 대단한자군. 돌아갈 길도 막힌 던전에서 홀로 행동하는 것도 모자라 동료들을 팽개치고 혼자 돈벌이를 하고 있다니 정말 대단하군. 대단해. 설마 살아 돌아갈 생각을 하고 있는 건가?"

처음 나왔을 때와 다른 것은 외모뿐이 아니었다.

정중하게 말했던 첫날과는 다르게 상당히 깔보는 듯한 어투로 바뀌어져 있었는데 도우미는 이미 모든 플레이어들이 죽을 것을 기정사실로 생각하고 있는 듯 해보였다.

한성이 말했다.

"질문을 하겠다."

질문을 환영한다는 듯이 두 팔을 들어 올리며 도우미는 답했다.

"30층 던전에 관한 거라면 뭐든지. 하루에 세 개는 의무적으로 답해 줄 수 있으니까. 뭐가 궁금하지? 캐논 플라워의 위치? 살아나갈 수 있는 방법? 아니면 고통 없이 자살하는 방법?"

다소 깔보는 듯 한 답변에 전혀 상상조차 할 수 없는 질문이 나왔다.

"던전의 보스 몬스터도 성욕을 느끼는가?"

한성의 질문에 지금까지 비웃고 있던 도우미의 표정이

싹 바뀌었다.

"넌 뭐냐? 미친 거냐?"

도우미는 감정이 있는 것처럼 얼굴에 당황함이 가득했다.

한성은 진지했다.

한성은 확인해 보고 싶다는 듯이 물었다.

"몬스터가 인간처럼 성욕을 느낀다는 것이 사실인가?"

"알 수 없는 자군. 어찌하여 이런 질문을."

"답이나 하도록."

도우미가 답했다.

"30층의 보스 몬스터는 인간과 똑같은 감정을 가졌다. 이것으로 대답은 되었을 것 같군."

도우미의 대답으로 선배의 말이 사실이라는 확신이 들었다.

"두 번째 질문이다. 로머에 대한 모든 정보를 알고 싶다. 숫자, 능력, 사용하는 무기, 스킬, 생김새 등등 모든 것을 알고 싶다."

두 번째 질문에도 도우미는 놀랐다.

"로머가 있다는 사실을 어떻게 알고 있는가? 설마 인간들이 서로에게 정보를 공유했단 말인가?"

아직 도우미는 로머 중 한명이 죽었다는 사실을 알지 못하고 있는 것처럼 보였다.

"질문에 답해라."

❖

다소 감추고 싶었던 사실인 것처럼 도우미의 얼굴에는 꺼려하는 기색이 역력했다.

"어쩔 수 없군."

곧바로 허공에 커다란 화면이 떠오르며 로머들의 모습이 보이고 있었다.

'네 명.'

다행이도 숫자는 많지 않았다.

로머의 모습을 보는 순간 한성의 눈썹이 꿈틀거렸다.

'쌍둥이?'

착용하고 있는 무기와 장비는 모두 다 달랐는데 외모 만큼은 쌍둥이처럼 모두 다 똑같은 모습이었다.

한명 한명이 보이는 가운데 밑에는 이름이 보이고 있었다.

〈해머〉, 〈대거〉, 〈체인〉, 〈건틀릿〉

이름들이 하나 같이 무기였다.

자신이 죽인 자가 대거라 생각 되었고 다른 세 명은 무기로 체인과 해머, 그리고 건틀릿을 사용하는 듯 했다.

정보는 몬스터의 무기와 스킬들까지 보여 주고 있었다.

무기들은 하나 같이 연타 스킬을 가지고 있었고 희귀 무기라는 듯이 초록색의 빛이 반짝이고 있었다.

상대의 무기를 확인한 한성의 시선은 로머들의 레벨로

향했다.

로머의 레벨들은 하나 같이 50 이상의 레벨이었는데 자신이 죽인 대거가 51로 가장 레벨이 낮았고 최고 높은 건틀릿은 무려 58이었다.

현재 한성의 레벨은 39.

레벨 차이가 15가 넘는다면 사실상 승부는 볼 필요도 없었다.

레벨을 확인한 한성의 시선은 로머들이 가지고 있는 스킬로 향했다.

다양한 스킬들이 보이고 있는 가운데 공통적으로 전원 면역 스킬을 갖추고 있었다.

레벨 차이만 하더라도 버거웠는데 이렇게 까지 면역 스킬까지 갖추고 있으니 애초에 싸움조차 될 수 없었다.

도우미 역시 한성의 의중을 읽고 있다는 듯이 낮은 웃음을 흘렸다.

"후후후. 이게 네 운명이다. 어떻게 로머의 존재를 알고 있는 지는 몰라도 이곳에서 벗어날 수는 없다."

비웃음에도 아랑 곳 없이 한성은 마지막 질문을 던졌다.

"30층 보스가 헌터들로부터 원하는 것은 뭐냐?"

도우미의 얼굴 표정은 완전히 굳어 버렸다.

답을 해 주기 싫다는 표정이 역력했는데 어쩔 수 없다는 듯이 도우미는 짧게 답했다.

"모체 획득. 최종병기 생산."

어느 정도 예측은 할 수 있었다.

곧 대혁명이 일어나는 사건 하나가 발생하게 되는데 그 이유와 비슷한 이유라 생각되었다.

다만 던전에서 이런 일이 일어나는 것과 똑같은 생김새를 가지고 있는 로머가 있다는 것은 의외의 일이었다.

도우미는 한성의 모든 질문이 이상하다는 듯이 고개를 갸웃거리며 말했다.

"생각할수록 이상한 자군. 곧 죽을 것이 뻔한데 살 수 있는 방법을 물어보지도 않고 이런 질문들을 던지다니. 뭐 어차피 살 수 있는 방법은 없지만 말이야."

질문 세 개의 답을 얻었으니 더 이상 도우미에게 볼 일은 없었다.

"꺼져."

차갑게 내뱉은 한성은 말 없이 단검을 내보였다.

단검을 보는 순간 도우미의 입에서는 놀란 비명이 새어 나왔다.

"어엇!"

한눈에 켈로비스 분신체가 사용하는 단검이라는 사실을 알아차린 도우미는 믿을 수 없다는 듯이 한성을 바라보았다.

"이, 이런 일이! 처음 던전에 온 헌터 주제에 대거를 해치웠단 말인가?"

몸을 일으킨 한성이 도우미 앞으로 다가가 노려보았다.

헌터가 노려본다는 것은 상상도 못한 탓에 도우미는 자신도 모르게 뒤로 물러섰다.

도우미의 귀로 한성의 굳은 의지가 담긴 목소리가 들려왔다.

"똑똑히 지켜봐라. 로머들을 모조리 죽이고 귀환하겠다."

❖

도우미가 사라져 간 후.

한성은 레이다를 살펴 보며 움직이지 않고 있었다.

아니 정확하게 말하면 움직이지 못하고 있었다.

로머의 숫자, 레벨, 스킬을 모두 다 알게 되었지만 오히려 부담감은 가중되어지고 있었다.

로머들을 모조리 죽이겠다고 말했지만 현 상황에서 로머를 이긴다는 것은 상상도 할 수 없었다.

'남은 로머는 셋!'

섣불리 돌아다니다가 로머를 만나기라도 한다면 그 즉시 즉사할 확률이 높았다.

물론 이 넓은 던전에서 세 명 밖에 없는 로머를 마주 친다는 것은 희박한 일이기는 했지만 그 희박한 확률 조차도 한성은 경계하고 있었다.

숫자가 세 명 밖에 안 된다는 사실은 반가운 일이었지만 셋의 실력은 현재 자신과는 비교할 수 없을 정도로 높았다.

어제 잡은 대거 역시 덫과 상대의 방심을 이용해서 이긴 것이지 실제 정면에서 부딪쳤다면 승산은 없었다.

'레벨 차이부터 해결해야 한다.'

가장 시급한 것은 레벨.

남은 세 명 중 가장 낮은 레벨이 53이었고 가장 높은 자가 58이었다.

가장 낮은 쪽이 53레벨의 해머였는데 가장 낮았다고 하더라도 현재 39에 불과한 자신과의 차이가 너무나도 컸다.

적어도 대등하게 대결을 하기 위해서는 레벨이 50 근처는 되어야만 했다.

물론 현 상황에서 단번에 50을 뛰어넘은 레벨업을 할 수는 없었다.

지금 시점에서 한성이 로머에 비해 우위에 있는 유일한 점은 스킬.

로머들이 가지고 있는 스킬들은 피해면역과 속공 그리고 연타스킬을 가지고 있는 무기가 전부였다.

가지고 있는 스킬들은 로머보다 더 뛰어난 스킬들을 가지고 있었지만 문제는 아직 레벨이 낮은 탓에 상급의 스킬들을 활용할 수 없다는 데에 있었다.

잠시 고민하고 있던 한성은 무언가 생각이 났다는 듯이 자신의 스킬 창을 확인해 보았다.

수 많은 스킬 창 중 아직 사용할 수 없다는 듯이 붉은 색으로 적혀 있는 스킬 하나가 눈에 들어왔다.

〈레벨 증폭 I〉

설명: 24시간 동안 자신의 레벨 보다 10이 높은 레벨의 힘을 유지합니다. 최대 증가치 레벨 50. 쿨타임 48시간.

과거 생존도에서 사용했던 증폭 스킬은 가지고 있는 능력을 순간적으로 짧게 증폭 시키는 스킬 이었는데 레벨 증폭은 달랐다.

레벨 증폭은 단순 증폭 스킬과는 다르게 레벨 자체를 일시적으로 높여주는 기능이 있었다.

그리고 그 시간은 24시간이었다.

원래 회귀 전에는 레벨이 50을 넘어선 탓에 사용할 일 자체가 없었지만 지금은 달랐다.

레벨을 하나 만 더 올린다면 일단 레벨 증폭 스킬을 통해 일시 적이나마 50레벨까지 체력을 올릴 수 있었다.

일단 레벨 50이 넘어 간다면 가지고 있는 연타 무기도 사용할 수 있었고 적어도 비슷한 수준에서 겨루어 볼 수는 있었다.

문제는 레벨 증폭 스킬은 레벨 40부터 사용 가능한 스킬 이었다.

현재 레벨 1이 부족했는데 현 상황에서 아무리 빠르게

레벨 업을 한다 하더라도 몇 시간 이내에 레벨 40을 달성하기는 쉽지 않아 보였다.

한성이 무언가를 생각한다는 듯이 굳은 표정을 짓고 있던 그때였다.

레이다의 빛이 하나 둘씩 사라지기 시작했다.

처음 기습을 당했을 때처럼 레이다의 빛은 사라져 가고 있었는데 적어도 두 명의 로머는 있는 것으로 생각되어졌다.

'지금이다!'

레이다의 빛이 사라지는 순간 한성은 재빨리 움직이기 시작했다.

연이어 레이다의 빛이 사라지고 있었지만 한성은 속공을 최대한 도로 끌어 올리며 점점 더 멀어져 가고 있었다.

헌터들이 죽는다는 사실은 머릿속에 없었다.

로머들이 다른 헌터들을 공격하고 있는 지금이야 말로 가장 안전하게 움직일 수 있는 시간이었다.

❖

한성이 어디론가 달려가고 있던 그 시각.

헌터들의 비명 소리가 울려 퍼지고 있었다.

"크아아악!"

허공에는 마나의 불꽃을 머금은 사슬이 거미줄처럼

퍼지고 있었다.

자유자재로 움직이는 사슬에 헌터들의 눈은 따라가지 못하고 있었다.

좌아아앗!

헌터들의 눈을 현혹 시킨 사슬은 창처럼 일직선을 그리며 내리찍어졌다.

피할 겨를도 없이 헌터들의 몸은 그대로 종이장처럼 짓이기고 있었다.

"성한아!"

"광익!"

동료가 죽었다는 사실에 놀랄 새도 없었다.

"몬스터가 아니야! 인간이다!"

헌터들 역시 출현한 로머의 모습에 놀라고 있었다.

헌터들의 숫자가 훨씬 더 많았지만 로머들은 숨지 않겠다는 듯이 당당히 모습을 드러내고 있었다.

리더 역할을 맡고 있던 박기주는 고개를 흔들었다.

"아… 아. 이건 악몽일 거야."

납치된 여자 헌터들을 구하기 위해 열여섯 명의 헌터들이 캐논 플라워를 뒤로 미루고 왔지만 기다리고 있는 것은 믿을 수 없는 괴물들이었다.

동료들을 구해야한다는 마음도 동료들을 버리고 간 한성에게 한 자신의 말도 그 어느 것도 자신의 머릿속에서 떠오르지 않고 있었다.

살고 싶다는 본능만이 가득한 가운데 덜덜 떨리고 있던 다리는 순식간에 방향을 바꾸었다.

리더임에도 기주는 제일 먼저 달아나기 시작했다.

"선배!"

"대장!"

뒤에서 자신을 부르는 소리에도 기주는 정신없이 달아나고 있었다.

그때였다.

나무 위에서 쇠사슬이 찰랑거리는 소리가 들려왔다.

체인.

나무 위에서 뛰어다니며 손에 엮인 사슬을 무기로 사용했는데 양 손에는 무려 여덟 개의 사슬들이 장착 되어 있었다.

과거 디케이가 단 하나의 사슬만을 사용한 것에 비해 사내는 여덟 개의 사슬들을 동시에 움직이는 것이 가능했다.

나무 위에 올라가 있는 체인은 한 눈에 헌터들을 파악해 보려는 듯이 무방비 상태로 내려 보고 있었다.

아직 열 명 남짓한 헌터들이 무기를 들고 있었지만 숨을 필요도 없다는 듯이 체인은 오히려 들고 있는 사슬들을 흔들며 찰랑 거리는 소음을 내고 있었다.

"위다!"

"쏴라!"

단번에 눈에 들어오는 행동을 헌터들이 놓칠 리는 없었다.

휙! 휙! 휙!

활 시위를 당기는 소리와 함께 작살모양의 거대 화살이 날아갔지만 사내는 움직이지 조차 않고 있었다.

챙! 챙! 챙!

화살은 그대로 벽에 부딪친 듯이 사내 앞쪽에 힘없이 떨어져 버렸다.

놀란 목소리가 울려 퍼졌다.

"면역 스킬을 가지고 있다!"

"승범!"

물리 면역 스킬을 가지고 있는 상대에게는 마법 계열의 공격이 필 수였다.

이곳에 있는 헌터 중 유일하게 스태프를 들고 있는 승범이 스태프를 들어 올리는 순간이었다.

승범의 뒤에서 그림자가 번뜩이는 순간이었다.

어디서 나타났는지 양 팔에 건틀릿을 착용하고 있는 사내가 스쳐 지나가며 한 손으로 승범의 머리를 돌렸다.

스쳐 지나가며 가볍게 움직인 손짓이었지만 스태프를 겨누고 있던 승범의 머리는 순식간에 돌아가 버렸다.

두두둑!

뼈가 부러지는 소리가 울려 퍼지는 순간 승범은 목이 돌아간 채로 제 자리에 쓰러져 버리고 말았다.

"이, 이게 헉!"

곁에 있던 헌터가 놀라는 순간 이미 건틀릿은 다음 목표물을 공격하고 있었다.

자신의 목에 차가운 손의 감촉이 느껴지는 순간이었다.

얼마나 빨랐는지 목을 돌리는 손의 움직임 조차 파악할 수 없었다.

장난감 목을 비틀 듯이 돌린 손짓 한번에 순식간에 주변 환경이 빠르게 돌아가고 있었다.

뒤로 돌아가 버린 목은 달아나고 있는 동료들의 뒷모습을 보여주고 있었다.

압도적인 스피드의 차이.

이미 전투는 시작과 동시에 끝나 버린 것이나 마찬가지였다.

전투에서 속공과 레벨의 차이가 얼마나 중요한 지를 건틀릿은 보여주고 있었다.

건틀릿이 휘저으며 헌터들을 학살하고 있을 때 나무위의 체인은 사슬들을 한 지점으로 모으고 있었다.

"후후. 목표물 타깃."

체인의 눈에는 여자들은 제외 한 채 목표 대상인 남자들만이 입력되어지고 있었다.

목표물들이 달아나고 있었지만 체인은 전혀 서두르지 않고 있었다.

달아나는 헌터들이 가소롭다는 듯이 비웃음을 던진 체인이 나뭇가지 위에서 뛰어 올랐다.

순식간에 10여 미터를 뛰어 오른 체인의 양 팔이 움직였다.

"죽엇!"

촤아아아앗!

사슬들은 하나 하나 살아 있는 생명체처럼 각기 지정된 다른 목표물들을 향해 뻗어나가고 있었다.

2M 남짓한 길이의 사슬은 마나의 기운이 일어나는 것과 동시에 순식간에 10M이상으로 늘어나고 있었다.

탁! 탁! 탁! 탁! 탁!

"쿠어어억!"

"크아아아!"

사슬 끝에 달려 있는 묵직한 추가 목표물의 머리통에 명중될 때 마다 비명이 사방에 울려 퍼지고 있었다.

"으아아아아!"

"달아낫!"

정신 없이 달려가고 있는 헌터들의 앞에 어느새 건틀릿이 나타났다.

일체의 방어 도구도 들고 있지 않은 건틀릿은 때려 보라는 듯이 두 팔을 벌리고 있었다.

선두에 있던 두 사내가 동시에 검을 휘둘렀다.

스킬이 발산하며 두 개의 검이 사내의 몸을 향해 떨어지는 순간 이었다.

건틀릿은 피하기는커녕 두 손으로 검을 붙잡았다.

착!

"어엇?"

"이게?"

놀란 쪽은 검을 내리 친 쪽이었다.

두 개의 검을 동시에 손으로 붙잡는다는 것은 상상조차 할 수 없는 일이었다.

검으로 베기는커녕 오히려 빨려 들어갔다는 듯이 검은 건틀릿의 손에 들러 붙은 듯이 움직이지 못하고 있었다.

건틀릿이 냉소를 머금고 말했다.

"나는 아무리 약한 적이라도 면역 쉴드를 낭비하고 싶지 않아서 말이야."

검을 붙잡은 채로 건틀릿은 한 바퀴 회전을 했다.

쇄아앗! 쇄아앗!

건틀릿은 검을 붙잡은 채 제자리에서 한 바퀴 회전하는 순간 이었다.

다리쪽에 숨겨 놓았던 칼날이 튀어 나오며 두 사내의 목을 베어 버렸다.

"남자는 가차 없이 죽이고."

곧바로 건틀릿은 달아나고 있던 여자 헌터 앞을 가로 막았다.

"아앗!"

놀란 여자 헌터의 입에서 비명이 새어나오는 순간이었다.

"모체는 죽이지 않아요."

곧바로 건틀릿의 주먹이 여자 헌터의 복부에 꽂혔다.

푹!

건틀릿의 일격에 비명을 내지르지도 못하고 여자 헌터는 그대로 기절해 버렸다.

여자 헌터가 바닥에 쓰러지기도 전에 이미 사내는 다른 여자 헌터 쪽으로 이동해 있는 상황이었다.

"꺄아앗!"

놀란 비명도 여자라는 것에 대한 자비도 없었다.

푹! 푹!

마치 분신이 움직이는 것처럼 빠른 속도로 움직인 사내는 연이어 주먹으로 배를 가격했다.

헌터들과는 차원이 다른 공속 스킬이었고 여자 헌터들은 제대로 저항조차 하지 못하고 한방에 한명씩 쓰러져 버리고 있었다.

순식간에 상황은 종료되어 버렸다.

건틀릿은 기절한 여자 헌터 세 명을 들쳐 업으며 말했다.

"모체 획득 완료. 세 마리."

곧바로 건틀릿의 시선이 달아나는 남자 헌터들을 죽인 체인으로 향했다.

양 쪽으로 휘젓다시피 하는 손의 움직임에 남아 있던 헌터들의 몸이 갈기 갈기 찢어지고 있었지만 무언가 다소 못마땅하다는 듯이 건틀릿은 체인에게 말했다.

"하나 놓쳤군."

체인이 고개를 흔들며 답했다.

"아니. 아니. 그냥 놔 준 거다. 재미있는 장난감을 발견해서 말이야."

체인은 레이다를 내밀어 보이고 있었다.

NEO MODERN FANTASY STORY

8. 광렙.

회귀의 절대자

8. 광렙.

로머들이 헌터들을 제압했던 그 시각.

거친 호흡을 가다듬고 있던 한성은 막다른 절벽 아래에 도착했다.

한성은 레이다를 확인했다.

이제 열 여섯 명중 빛을 발산하고 있는 점은 네 개에 불과 했다.

어찌된 일인지 한 개의 점은 살아 돌아가는 듯 해 보였고 나머지 세 개의 점은 동시에 정 반대 방향으로 이동하고 있었다.

한명은 기적적으로 살아 돌아가고 있는 것으로 보였고 다른 세 개의 점은 사로잡힌 여자 헌터들이라 추측할 수 있었다.

과연 세 개의 점은 처음 납치 되었던 점과 같은 장소인 보스 몬스터가 있는 곳으로 이동되어지고 있었다.

지금은 다른 헌터들을 걱정할 때 가 아니었다.

일단 로머들이 멀리 떨어져 있다는 사실이 중요했다.

한성은 절벽 위를 바라보았다.

과거 탐험조로 왔던 때에 거의 모든 지역을 돌아본 탓에 몬스터의 위치와 사냥터의 위치는 모두 다 파악하고 있었다.

아래에서는 전혀 보이지 않고 있었지만 위쪽에는 또 다른 비밀 공간이 있다는 사실을 한성은 알고 있었다.

꽤 높은 절벽이었지만 이곳은 충분히 오를 수 있는 곳 이었다.

한성은 절벽 위를 향해 오르기 시작했다.

절벽 위로 오르자 과연 분리된 공간이라 생각 될 만큼 전혀 다른 풍경이 펼쳐지고 있었다.

아래쪽의 몬스터들이 음침하고 삭막한 분위기의 몬스터들이 보였다면 이곳은 아래와는 다르게 순하게 생긴 몬스터들이 가득 차 있었다.

과거 30층에서 저렙의 헌터들이 레벨 업을 하는 장소가 바로 이곳이었다.

한성은 주변을 살펴 보았다.

기억 그대로의 몬스터들이 보이고 있었다.

풀을 뜯고 있는 소와 양.

자신의 영역 안으로 들어오면 가차 없이 공격을 하는 아래쪽 몬스터들과는 다르게 일반 동물처럼 보이는 소와 양들이 가득 차 있었다.

동물농장을 연상케 할 몬스터들은 전혀 싸울 의지가 없다는 듯이 풀을 뜯어 먹고 있었는데 한성이 바라보자 친절하게 몬스터의 정보가 떠올라 왔다.

〈경험치의 소〉

레벨: 38-40

설명: 경험치 만을 제공하는 몬스터. 40이하의 레벨이라면 닥치고 사냥!

〈경험치의 양〉

레벨: 39-41

설명: 경험치 만을 제공하는 몬스터. 소 보다는 경험치를 약간 더 줍니다.

순해 보이는 외모처럼 먼저 공격당하지 않으면 가까이 가도 아무런 공격도 하지 않는 몬스터들이었다.

비록 비싼 아이템을 주지는 않았지만 약한 공격력과 높은 경험치를 제공하는 탓에 30층에 입장한 헌터들이 가장 선호하는 몬스터들이었다.

과거 자신이 왔을 때는 매력적이지 않은 경험치였지만 지금 상황에서는 빠른 시간에 경험치를 올릴 사냥감이었다.

레벨업이 급한 상황이었지만 한성은 일단 그대로 지나쳐 갔다.

사냥에 앞서서 선행해야 할 일이 있었다.

어느 정도 걷자 인삼 밭이 보이고 있었다.

한성이 귀를 기울이자 한쪽에서 재잘거리고 있는 소리가 들려왔다.

"삐요, 삐요, 삐요!"

한 뼘 만한 인삼들이 재잘거리며 뛰어 다니고 있었다.

한성이 나타났다는 것을 의식했는지 인삼들은 한쪽으로 달아나다 시피하며 뛰어가고 있었는데 상당히 재빠른 움직임이었다.

잡아 보라는 듯이 인삼들은 뛰어 놀고 있었는데 수 많은 인삼들 중에 무언 가를 찾는 다는 듯이 한성은 주위를 두리번거리고 있었다.

이내 한성의 시선이 한 곳에서 멈추었다.

'저기 있다!'

한성이 향하고 있는 인삼은 하루에 한 마리만 나오는 붉은 색 점이 박혀 있는 인삼 이었다.

당연히 아직 인간의 손길이 닿지 않았으니 붉은 색 점이 박혀 있는 인삼은 다른 인삼들과 함께 뛰어 놀고 있었다.

과거 헌터들은 붉은 색 점이 박힌 인삼을 잡기 위해 경쟁을 할 정도로 그 값어치는 컸다.

재빠르기는 했지만 속공을 사용한다면 못 잡을 몬스터는 아니었다.

하지만 한성은 즉시 움직이지 않았다.

가장 조심해야 할 점은 인삼들은 인간의 손이 닿으면 곧바로 죽어버린다는 점이었다.

한성은 붉은 인삼에게 시선을 놓지 않은 채 사방을 최대한 도로 좁히며 빠져 나갈 수 없게 그물의 덫을 설치했다.

다른 인삼들은 볼 필요도 없었다.

그물의 설치가 끝난 한성이 목표한 타깃을 향해 달려가자 인삼들은 소리치며 달아나기 시작했다.

"삐요! 삐요! 삐요!"

우르르 몰려가는 인삼들은 설치 해 놓은 그물에 걸리고 있었고 한성의 시선은 처음부터 주시한 붉은 색 인삼에게 향했다.

그물에 걸린 인삼들은 그대로 죽어가고 있었는데 한성은 재빨리 그물에 걸린 붉은 인삼을 낚아챘다.

한성이 붙잡자 곧바로 설명 창이 떠올라왔다.

〈달리는 붉은 인삼〉

설명: 달아나는 재주만 있는 미니 인삼. 공격은 못해요. 잡히면 10초내에 죽어요. 재생 시간 24시간.

특징: 살아 있을 때 먹으면 6시간 동안 경험치를 3배 높게 획득합니다. 레벨 45이상에게는 적용되지 않아요. 죽으면 효과 없음.

이미 알고 있는 탓에 설명을 읽을 필요는 없었다.

한성은 그대로 손에 쥐고 있던 달리는 인삼을 입에 넣어버렸다.

붉은 점이 있는 인삼은 인삼 중에서도 하루에 한 마리밖에 재생되지 않는 인삼이었는데 죽을 경우 그 효과를 누릴 수 없었다.

입안에서 꿈틀 거리는 촉감이 전해져 왔다.

행여나 먹기 전에 죽기라도 할 까 한성은 조심스럽게 머리 부분을 피해 씹으며 목구멍으로 넘겼다.

곧바로 인삼의 향이 입 안 가득 퍼지기 시작했다.

성공적으로 몸에 흡수가 되었음을 알리는 메시지가 들려왔다.

[6시간 동안 경험치가 3배 빠르게 획득됩니다. 남은 시간 5시간 59분 59초.]

붉은 인삼은 경험치를 세배 빠르게 올려주는 효과가 있었다.

기계음이 끝나는 순간 한성은 재빨리 사냥을 시작했다.

일분이 아깝다는 듯이 한성은 조금 전에 지나쳐 왔었던 소와 양들을 향해 사정없이 스킬들을 뿜어내기 시작했다.

콰과과광!

소와 양 따위에 사용하기에는 아까운 스킬들이었지만 정해진 시간 내에 최대한 많은 몬스터를 잡으려 한 한성은 일초라도 허투루 보내지 않겠다는 듯이 서두르고 있었다.

"메에에에에!"

"음메에에!"

스킬들이 폭발 되며 양과 소들은 비명을 내지르고 죽어가기 시작했다.

몇몇 양들과 소들이 공격을 시작했지만 이들의 느린 속도는 한성의 속공을 당해내지 못했다.

로머를 신경 쓸 새도 없이 가진 스킬을 모조리 뿜어내며 경험치를 쌓기 시작했다.

소와 양들의 두려움에 가득 찬 비명이 울려 퍼졌지만 한시가 급한 한성에게는 들려오지 않고 있었다.

콰과과광!

폭격을 당한 것처럼 섬광이 터져가고 있었고 하늘로 소들과 양들이 분해되어 튀어 오르고 있었다.

같이 레벨업을 하는 동료가 없었으니 모든 사냥감들을 독차지 할 수 있었고 한성의 스킬은 쉴 새 없이 마나의 빛을 뿜어냈다.

피에 젖은 고깃덩어리들이 평화로움에 가득 차 있던 초원을 지옥으로 만들어 버리고 있었지만 한성은 무기를 휘두르고 휘둘렀다.

6시간 후.

[인삼의 효과가 끝났습니다.]

눈앞에서 양과 소들의 시체가 쌓이고 있는 가운데 인삼의 효과가 끝났다는 기계음이 들려왔다.

순식간에 6시간이 지나가 버렸지만 아직 레벨은 달성 되지 못했다.

인삼의 효과가 끝났지만 한성은 여전히 사냥을 멈추지 않고 있었다.

날이 어두워지고 주변의 시야가 좁아졌지만 감각만으로 한성은 사냥을 했고 마침내 동이 틀 무렵 레벨업을 알리는 소리가 들려왔다.

[레벨 업! 레벨 40!]

레벨 40이 달성되자 한성은 드디어 휘두르던 검을 멈추었다.

자신이 생각했었던 레벨 증폭 스킬을 떠올렸다.

아까는 붉은색이었지만 지금은 사용 가능하다는 듯이 붉은 색은 사라지고 없었다.

이제 24 시간 동안은 레벨 50의 힘을 뿜어 낼 수 있었다.

과거 회귀 전 자신의 레벨에 비하면 낮은 수치이었지만 현 상황에서는 든든함이 전해져 오고 있었다.

한성의 눈빛이 빛났다.

'이 정도면 싸워 볼 수 있다.'

레벨이 10이나 높아졌다는 것은 사용할 수 있는 스킬 까지 늘었다는 것을 의미했다.

로머들 중 가장 높은 레벨인 건틀릿 보다는 7이나 낮은 레벨이었지만 부족한 부분은 스킬의 힘을 이용해서 극복해 낼 수 있었다.

걱정하는 건 딱 하나.

24시간이라는 시간제한이 있었다.

NEO MODERN FANTASY STORY

9. 해머.

회귀의 절대자

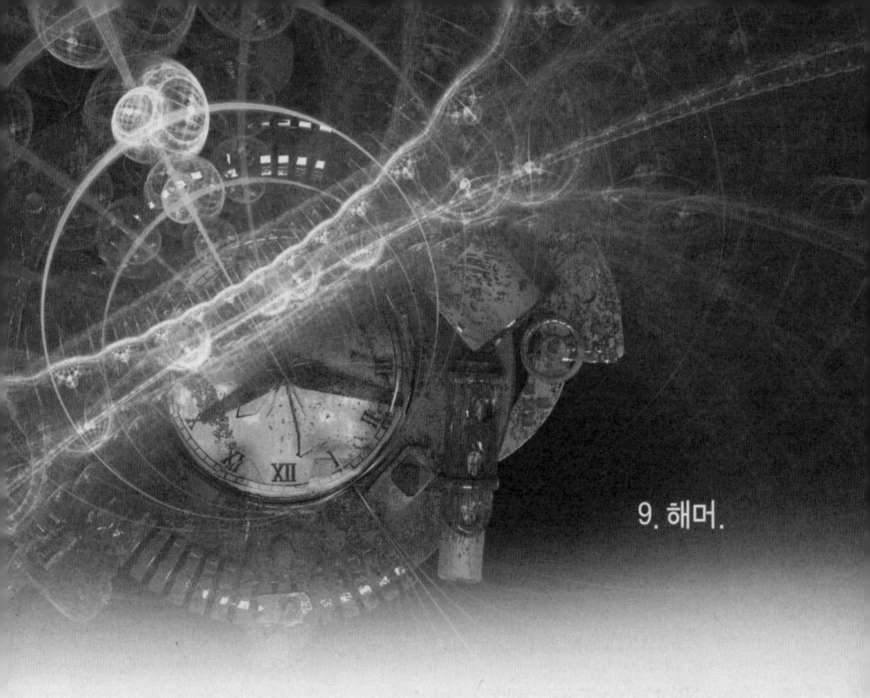

9. 해머.

레벨업을 달성하자마자 한성이 서둘러 향한 곳은 캐논 플라워가 있는 곳이었다.

곳곳에 감당하기 힘든 몬스터들이 보이고 있었지만 어차피 이들을 상대할 필요는 없었다.

레벨 50을 훌쩍 넘은 몬스터들이 한성을 노려보고 있었지만 한성의 걸음에는 주저함이 없었다.

눈 앞에서 한성을 노려보고 있는 몬스터들은 로머처럼 자유롭게 움직이는 몬스터들이 아니라 정해진 지역을 벗어날 수 없는 몬스터들 이었으니 피해가기만 하면 그만이었다.

처음 온 자들이라면 길을 모르니 쉽게 캐논 플라워에게 접근하기 어려웠을 테지만 이미 캐논 플라워로 가는 안전한 길을 알고 있었던 탓에 한성에게 문제는 없었다.

캐논 플라워가 있는 산을 오르면서도 한성은 레이다를 체크하는 것은 잊지 않고 있었다.

레이다에 로머의 모습이 나타나지는 않았지만 여자 헌터들이 끌려간 곳과의 거리로 짐작해 보았을 때 헌터들을 사냥하던 로머들이 이곳으로 올 확률은 극히 낮았다.

보스 몬스터가 있는 곳에 끌려간 점들을 바라보고 있던 한성의 시선이 반대쪽의 점들로 향했다.

로머에게 당한 헌터들 중 유일하게 살아 돌아간 자는 본진 가까이 도착하고 있었고 본진의 헌터들은 전혀 움직이지 않고 있었다.

얼마 후.

한성은 캐논 플라워가 있는 산 정상위에 올랐다.

12송이의 캐논 플라워들은 아티팩트가 있는 쪽을 향해 대포처럼 입을 벌리고 있었는데 지금 한성의 시선이 향하고 있는 곳은 캐논 플라워가 아니었다.

'역시 있군.'

캐논 플라워의 앞으로는 거대한 덩치의 사내와 그의 몸에 걸맞은 대형 망치가 보이고 있었다.

낮잠을 자고 있다는 듯이 누워 있는 채로 눈을 감고 있던 사내는 눈을 떴다.

사내의 눈과 한성의 눈이 마주쳤지만 한성의 얼굴에 당황함은 없었다.

예상하고 있었다.

남은 로머 셋 중 적어도 한명은 이곳에 있을 거라 생각했었다.

헌터들이 돌아가기 위해서는 반드시 캐논 플라워를 제거해야 했는데 바꾸어 말한다면 캐논 플라워를 지키고 있으면 헌터들이 이곳으로 온다는 말이나 마찬가지였다.

이를 역으로 생각한다면 세 명의 로머 중 두 명이 헌터들을 사냥하고 있다면 이곳에 있는 로머는 한명 밖에 없다는 것이 분명했다.

아무리 증폭 레벨 스킬을 사용할 수 있다 하더라도 남은 로머 셋을 동시에 상대한다는 것은 버거웠다.

'하지만 일대 일이라면 가능하다.'

한성이 노린 부분이 바로 이 부분이었다.

앞에 있는 거대한 망치만 보아도 이미 상대의 이름은 파악되었다.

해머.

레벨 53.

로머들은 모두 다 똑같은 쌍둥이의 모습이었지만 착용하고 있는 보호구가 다르기 때문인지 대거에 비해 훨씬 더 거대하게 보이고 있었다.

한성을 본 해머는 거대 망치를 들어 올렸다.

"뭐냐? 혼자 온 건가? 따분했었는데 잘 되었군."

거대 망치를 든 해머는 싸우겠다는 듯이 몸을 일으켰다.

상대의 무기와 스킬들은 모두 다 알고 있었다.

한성의 시선은 상대의 몸에 보이지 않는 투명 쉴드로 향하고 있었다.

두꺼운 갑옷도 상당한 방어력을 가지고 있을 거라 생각 되었지만 그 보다 앞서 제거해야 할 것은 면역 쉴드였다.

'대거는 여섯 번의 면역 쉴드를 가지고 있었다. 이 자는?'

한성은 뒷짐을 지며 연타 스킬이 있는 단검을 꺼내 들었다.

연타 스킬이 있는 무기 중 쓸 수 있는 무기는 대거의 단검 밖에 없었다.

찌릿함과 동시에 처음 단검을 획득했을 때 들었던 기계음이 들려왔다.

[레벨 50미만 사용 불가합니다.]

아직 레벨 50이 되지 않은 탓에 사용이 불가하다는 메시지가 들려왔지만 한성은 손에 흐르는 전류를 참고 있었다.

상대에게 자신이 대거의 단검을 들고 있다는 사실을 눈치 채지 않게 하기 위해 한성은 두 손을 등 뒤로 돌리며 숨기고 있었다.

싸움에 앞서 뒷짐을 지고 있는 이상한 행동에도 해머는 관심조차 가지지 않고 있었다.

해머에게 중요한 것은 한성의 실력이 아니라 남녀의 구분 이었다.

한성을 힐끗 본 해머가 말했다.

"유감스럽게도 모체는 아니군. 그럼 죽어!"

벼락 같이 거대 망치를 들어 올리는 순간 이었다.

'레벨 증폭!'

한성의 몸에서 빛이 번쩍였다.

[24시간 동안 레벨 50이 됩니다.]

아티팩트가 완성되기에는 아직 이틀 가까이 남아 있었던 탓에 가급적 아끼고 싶었는데 지금 상황은 한성의 상황을 봐 줄만한 상황이 아니었다.

손에 흐르고 있던 전류가 사라지며 레벨이 상향되었음을 알리는 메시지가 들려온 순간 이었다.

해머의 함성이 이어져 왔다.

"으아아아!"

괴성과 함께 거대 망치가 떨어져 오고 있었다.

산이라 하더라도 부숴버릴 정도로의 기세가 느껴지고 있었지만 한성의 눈은 거대 망치에 집중되고 있었다.

'피할 수 있다!'

자신의 레벨 상승 덕분인지 상대가 움직임이 느린 탓인지 거대 망치의 움직이는 궤도는 충분히 눈에 보이고 있었다.

아무리 위력이 강해도 맞지 않으면 그만이었다.

'속공!'

발끝에서 불꽃이 튀는 것과 동시에 한성의 곁을 지나친 거대 망치는 그대로 바닥을 찍었다.

콰과과광!

지진이 일어나는 것처럼 커다란 땅의 흔들림이 전해져 오며 한성이 비켜 선 곳에는 거대 구멍이 생겨났다.

놀란 쪽은 한성이 아니라 해머였다.

"우웃?"

뉴비 헌터라 얕본 해머의 표정이 바뀌었다.

자신의 공격을 피한 것은 둘째 치고 상대는 이미 공격으로 전환되어 있는 상황이었다.

'빠르다!'

한성이 달아나기는커녕 이렇게 대담하게 정면으로 달려들 줄은 생각조차 하지 못했다.

초록색 마나 기운을 머금은 단검이 번뜩이는 순간 해머의 눈이 커졌다.

'이건!'

또 한 번 놀랐다.

어느새 한성의 손에는 대거에게서 빼앗은 단검이 들려 있었다.

한성이 대거의 단검을 가지고 있을 거라고는 상상조차 할 수 없었다.

대거의 단검은 연타 스킬이 있었다.

'목!'

목을 노리며 한성의 단검이 벼락같이 번쩍였다.

챙! 챙! 챙!

면역 스킬과 연타 스킬이 동시에 발산 되고 있었다.

"이게?"

처음부터 면역 쉴드에 막힐 거라는 사실을 알고 있었던 탓에 한성은 재빨리 다음 공격으로 전환했다.

'세 번!'

대거는 네 번의 면역 스킬이 있었는데 해머는 얼마나 많은 면역 쉴드를 가지고 있는지는 알 수 없었다.

해머가 거대 망치를 들어 올리는 순간 이미 한성의 공격은 이어지고 있었다.

곧바로 또 다른 단검을 옆구리에 쑤셔 넣었다.

챙! 챙! 챙!

똑같이 쑤셔 넣었지만 역시 면역 스킬은 똑같이 작용되고 있었다.

'여섯 방!'

순식간에 성공적으로 여섯 번의 면역 쉴드를 날려 버렸지만 한성의 눈썹이 꿈틀 거렸다.

'더 많다!'

대거와 똑같은 면역 쉴드를 가지고 있었다면 여섯 번의 공격이 명중된 순간 쉴드가 사라졌어야 했는데 아직까지 쉴드의 면역 효과는 몇 대 까지 인지 조차 알 수 없었다.

한성은 당황하지 않았다.

아직 상대의 쉴드를 완전히 벗겨 내지 못했지만 단검으로 시도한 일차 목표는 달성했다.

어차피 단검으로는 연타 스킬을 이용해 면역을 차감하려는 목적이었을 뿐 데미지를 줄 거라는 생각은 하지 않고 있었다.

거대 망치가 머리를 노리고 올라오는 순간 한성은 뒤로 물러섰다.

우우우우웅!

공기를 부셔버리겠다는 듯이 묵직한 거대 망치가 울렁이는 소리가 들려왔지만 이미 속공을 사용한 한성의 몸은 사정거리 밖으로 벗어난 상황이었다.

'느리다.'

위력적인 공격이기는 했지만 상대의 속도는 의외로 느렸다.

연타 스킬을 모두 다 사용했으니 더 이상 단검은 필요 없었다.

여섯 대를 차감했다는 생각에 무기를 바꿀 준비를 하는 순간 이었다.

해머는 순간적으로 멈추었다.

"넌 뭐냐?"

순식간에 여섯 방의 쉴드가 깎여 버렸지만 해머의 표정에 당황함은 없었다.

한성의 눈썹이 꿈틀거렸다.

'알고 있다.'

해머는 한성이 의도적으로 쉴드를 깎으려 한다는 사실을 이미 알고 있었다.

해머가 말을 이었다.

"대거의 단검을 가지고 있다. 대거를 제압했다는 거냐?"

대답대신 한성은 무기를 바꾸고 있었다.

한성의 무기가 거대 방패와 검으로 바뀌었다.

거대 방패는 한성의 몸 전체를 가려 주었고 검은 펜싱 검처럼 생긴 얇고 기다란 검이었다.

방패는 적어도 해머의 공격을 한번은 막아 줄 거라 생각했고 아직 상대의 면역 스킬이 완전히 사라진 것이라 확신할 수 없기에 한성은 가장 빠르게 공격할 수 있는 얇은 펜싱검으로 바꾸었다.

자신의 말을 무시하는 한성에게 상당히 화가 난 듯이 해머가 말했다.

"내가 면역 스킬이 있다는 것까지 알고 있는데 네 놈은 뭐냐?"

방패로 몸을 가리며 검을 내보인 한성이 답했다.

"네 놈을 지옥으로 보낼 절대자다."

"흥!"

해머는 가소롭다는 듯이 두 팔을 벌리며 말했다.

"찔러 봐. 면역이 몇 대 까지인지 확인 해 봐."

해머의 말이 끝나는 순간이었다.

휘이이익!

공기를 가르는 소리가 울려 퍼졌다.

펜싱의 찌르기처럼 한성의 검이 재빨리 찔러 들어갔다.

어차피 지금의 공격은 쉴드 면역을 확인하기 위한 공격이었으니 위력은 필요 없었다.

철저하게 면역 쉴드를 확인하기 위한 공격이었는데 해머는 면역 쉴드를 아끼려는 듯이 거대 망치를 돌렸다.

우우웅! 우우웅!

튕! 튕!

거대 망치가 해머의 손에서 도는 순간 방패처럼 펜싱검을 튕겨 냈다.

우우우웅!

방패처럼 회전하던 해머가 다시 공격 모드로 바뀌었다.

한성 역시 찔러 들어가는 것을 멈추지 않았다.

휙! 휙!

거대 망치의 묵직한 소리와 펜싱검의 날카로운 공기를 가르는 소리가 교차 되고 있었다.

폭풍 같은 바람이 느껴지고 있었지만 여전히 느릿한 상대의 공격은 전혀 위협이 되지 않고 있었다.

반면 펜싱검의 속도는 거대 망치의 속도와는 비교도 할 수 없을 정도로 빨랐다.

'죽엇!'

전혀 방어 없는 해머의 몸을 향해 펜싱검이 매섭게 찔러 들어갔다.

챙!

가슴 부위를 찔렀지만 펜싱검의 끝이 휘어져 갔다.

또 다시 면역 쉴드가 작동하고 있었다.

'일곱!'

우우우웅!

공기를 가르는 펜싱검의 소리와는 다르게 공기를 부숴버린다는 듯 한 묵직한 거대 망치의 떨어지는 소리가 들려왔다.

'속공!'

연이어 떨어져 오는 거대 망치에 한성은 속공 스킬을 발산하며 검을 찔러 넣었다.

현란하게 움직이는 한성의 몸놀림에 망치는 허공을 갈랐고 펜싱검은 짧게 짧게 해머의 몸을 명중 시켰다.

챙! 챙!

'여덟! 아홉!'

한성의 표정이 굳었다.

해머의 면역 쉴드는 대거 보다 훨씬 더 많았다.

아홉 번의 찌르기에도 불구하고 여전히 면역 쉴드는 작용되고 있었다.

우우우웅!

묵직한 공기를 가르는 소리에 본능적으로 몸을 피하는 순간 이었다.

'속공! 아!'

평소와는 다른 느낌이 전해져 왔다.

당연히 속공 스킬에도 체력은 소모 되었다.

한성이 머리를 젖히며 피하는 순간 해머가 한성의 머리를 스쳐 지나갔다.

머리카락이 쓸려 떨어져 나가는 것이 보였다.

아슬아슬하게 피하기는 했지만 조금 전처럼 여유 있게 피하는 움직임이 아니었다.

"흐흐흐."

해머는 계획대로라는 듯이 웃음을 흘렸다.

"체력 떨어졌지?"

상대의 의도가 전해져 왔다.

자신의 거대 망치가 맞지 않을 거라는 사실을 알고 있음에도 일관되게 휘두른 공격은 한성의 체력을 소모시키기 위함 이었다.

해머가 거대 망치를 내보이며 말했다.

"어느 쪽이 먼저일까? 내 면역이 사라지는 쪽과 네 놈의 체력이 바닥나는 쪽? 흐흐흐."

웃음소리는 자신 있다는 것을 의미했다.

조금 전 까지만 하더라도 여유 있게 피했던 해머의 공격은 서서히 좁혀져 들어오고 있었다.

아직까지는 피할 수 있었지만 이 상황이 계속되어진다면 언젠가는 더 이상 피할 수 없을 것이 분명했다.

해머의 가장 큰 장점은 힘이 아니었다.

해머의 가장 큰 장점은 바로 면역 쉴드였다.

해머는 속도가 다른 로머들에 비해 늦은 치명적인 단점이 있었는데 그 단점을 보완해 주는 것이 바로 무효횟수 20회라는 엄청난 숫자의 면역 쉴드였다.

쉴드를 깎아 버리려면 무려 스무 대를 때려야 했는데 연타 스킬이 없는 지금 쉽지 않았다.

그때였다.

우우우웅!

무식하게 똑같은 공격이 이어지는 가운데 한성이 똑같이 피하는 순간이었다.

"으음?"

놀랍게도 해머는 자신의 분신이나 마찬가지인 거대 망치를 놓아 버리고 있었다.

지금까지 반복된 공격 패턴에 의해 한성의 눈은 거대 망치에 집중 되고 있었는데 상대가 자신의 무기를 이렇게 놓아 버릴 줄은 생각조차 하지 못했다.

"멍청한 놈! 페이크다!"

해머의 몸통이 튕기다 시피 하며 한성에게 솟구쳤다.

미식축구에서 태클을 하는 것처럼 해머의 몸통은 그대로 한성을 밀쳐 냈다.

속공으로 떨어뜨리어 내기에는 상대의 속공이 너무나 빨랐다.

급하게 방패로 몸을 감추었다.

퍼버벙!

무기의 공격이 아니었지만 마치 거대한 황소가 들이 받는 것처럼 한성의 방패는 그대로 박살나 버렸다.

충격은 방패에서 끝나지 않고 있었다.

[쉴드 작동했습니다!]

[충격 완화 스킬! 작동했습니다!]

패시브 스킬들이 작동되며 즉사만큼은 피했지만 한성의 몸은 수 미터 밖으로 튕겨 나갔다.

공격이 성공한 해머의 표정이 진지하게 굳었다.

당연히 끝날 거라 생각했던 공격은 끝이 나지 않고 있었다.

즉사할 거라 생각했던 상대는 서서히 일어나고 있었다.

"으음."

주변이 흔들리는 가운데 낮은 신음소리를 흘리며 한성은 몸을 일으켰다.

끝날 거라는 생각과는 다르게 한성이 몸을 일으키고 있자 해머가 중얼거렸다.

"너, 강하구나."

상당한 수준의 패시브 방어 스킬이 있다는 것에 놀란 것이 아니었다.

방패가 부서지는 그 짧은 시간에 한성은 스스로 몸을 튕겨내며 충격을 최소화 시켰다는 사실을 해머는 알고 있었다.

던전에 갓 들어온 헌터가 이 정도의 실력을 낸 다는 것은 무언가 심상치 않다는 것을 의미했다.

해머는 잠시 놓아두었던 거대 망치를 들어올렸다.

"하지만 이제 부상을 입고 있으니 피할 수 없겠지?"

해머의 말 그대로였다.

체력이 깎여도 너무 깎여진 상황이었다.

속공을 계속 사용하기에는 체력이 너무 떨어진 상황이었고 지구전으로 간다면 체력이 더 높은 상대가 더 유리할 것이 분명했다.

'생각 보다 머리가 좋다. 거기에 면역 쉴드의 횟수가 너무 많다.'

단순히 힘으로 밀어 붙이는 사내라 생각했는데 사내는 철저하게 계산에 의해 행동을 하고 있었다.

레벨이 약간 부족하기는 했지만 그 차이는 명백하게 드러나고 있었다.

로머라는 것이 믿을 수 없을 정도로 상대는 노련한 싸움꾼 이었고 무엇보다 면역 쉴드의 숫자가 상상을 초월할 정도로 많다는 사실은 스킬의 도움 없이 이기기는 불가능했다.

조금 전 충격인지 입안 가득히 피가 고여지는 것이 느껴졌다.

푸우웃!

입안에 고여 있던 피를 뱉어 냈다.

'이건 쓰고 싶지 않았는데.'

한성의 마음속으로는 생각해 둔 한 가지 스킬이 떠오르고 있었다.

레벨 증폭 스킬로 인해 일시적이나마 50레벨이 된 한성에게는 또 다른 스킬을 사용할 수 있는 기회가 있었다.

아직 두 명의 로머가 남아 있기 때문에 사용하지 않으려 했지만 지금 상황에서 별 다른 수는 없었다.

한성은 미련 없이 부서진 방패와 장검을 던져 버렸다.

다른 무기로 교체 할 거라 생각했지만 한성은 맨손으로 상대하겠다는 듯이 두 주먹을 들어 올리고 있었다.

"흐흐, 뭐냐? 맨 손이면 나도 맨손으로 상대해 줄 거라 생각 한 거냐?"

비웃음이 끝나는 순간 이었다.

'어쩔 수 없군.'

한성은 아껴 두었던 스킬을 발산 시켰다.

〈격투가 스킬 I〉

설명: 무기를 들지 않았을 경우 현재 가지고 있는 속공, 스탯의 모든 능력치를 10분간 두 배로 늘려줍니다.

효과: 주먹으로 가격했을 때 무조건 3연타 스킬 발동합니다. 쿨 타임 144시간.

격투가 스킬은 일체의 무기를 사용할 수 없었지만 현재 레벨에서 사용할 수 있는 최강의 스킬이었다.

최후의 수단으로 아껴 둔 스킬이었지만 상대의 면역 스킬의 숫자를 알지 못하고 있는 이상 연타 스킬은 필수였다.

현재 사용할 수 있는 무기 중 연타 스킬이 있는 무기는 없었던 탓에 한성에게 연타를 날릴 수 있는 방법은 격투가 스킬 밖에 없었다.

격투가 스킬의 장점은 연타뿐이 아니었다.

레벨 증폭 스킬로 50까지 레벨이 뛰어오른 상황에서 격투가 스킬을 작동하자 모든 스탯이 두 배로 뛰어 올랐다.

이미 레벨 50의 증폭된 상황에서 격투가의 2 배 증가 스탯이 추가로 더해 졌으니 지금 상황에서 한성의 레벨은 무려 70에 가까운 상황이었다.

지금 까지와는 확연하게 다른 기운이 온 몸으로 퍼져 가는 것이 느껴졌다.

바닥을 기고 있던 체력은 전투 전 보다 높게 뛰어 오르고 있었고 몸은 훨씬 더 가볍게 느껴지고 있었다.

과거 인간의 절대자 시절 느꼈던 강함이 온 몸으로 퍼지고 있었다.

"우웃?"

순간적으로 증폭되어진 기운을 느낀 해머는 자신도 모르게 거대 망치를 들어 올렸다.

불꽃이 타오르는 듯이 마나의 기운이 솟구치자 해머 역시 섣불리 움직이지 못하고 있었다.

해머의 표정이 굳었다.

'뭐야? 이놈? 무기를 버렸는데 더 강해져 보인다.'

심상치 않은 기운을 느낀 해머가 달려오기 시작했다.

서둘러 끝내 버리겠다는 듯이 해머는 거대 망치를 내리찍었다.

거대 망치가 내리쳐 왔지만 지금은 피하지 않았다.

오히려 한성은 정면에서 움직이지 조차 않고 있었다.

"죽어!"

괴성과 함께 머리를 향해 내리찍어 지는 순간이었다.

착!

해머의 눈이 휘둥그레졌다.

자신의 온 힘을 실은 거대 망치를 상대는 그대로 받아내고 있었다.

그것도 한손으로.

'한 손으로?'

해머를 한 손으로 막은 순간 한성은 치우라는 듯이 해머를 밀었다.

가볍게 밀친 것 같았지만 지금껏 겪어 보지 못한 힘이

폭발되는 것을 느낀 해머의 입에서 당황한 비명이 울려 퍼졌다.

“우와아악!”

믿을 수 없는 거대한 힘에 해머가 뒤로 제처 지며 균형을 잃는 순간이었다.

한성은 주먹을 움켜쥐었다.

무기 하나 들고 있지 않았지만 그 어느 무기를 들고 있을 때 보다 강하다는 느낌이 들고 있었다.

“아까 면역 쉴드가 얼마나 있는 지 확인해 보라고 했지? 확인해 주지!”

곧바로 해머의 몸 쪽으로 파고들은 한성은 상대의 심장을 향해 주먹을 꽂았다.

챙! 챙! 챙!

무기를 들고 있지도 않았지만 주먹의 연타 스킬 역시 순식간에 세 번의 쉴드를 날려 버렸다.

“으아아아악!”

자신이 들고 있는 거대 망치와는 비교할 수 없이 작은 주먹이었지만 그 위력만큼은 거대 망치에 맞는 것 이상이었다.

거구의 덩치에 어울리지 않게 해머는 뒤쪽으로 밀리며 휘청휘청 거리고 있었다.

면역 쉴드가 직접적인 피해는 막아주고 있었지만 밀리는 힘은 흡수하지 못했다.

조금 전의 충격으로 상대의 레벨이 자신 보다 훨신 더 뛰어넘는 다는 것은 알 수 있었다.

'어째서 이런?'

한성이 어떤 스킬을 사용했는지는 알 수 없었지만 분명 스킬 작동에 의해 한성의 실력이 올라간 것은 분명했다.

'도대체 무슨?'

한성이 보이고 있는 알 수 없는 스킬은 자신이 가지고 있는 면역 스킬과 연타 스킬 보다 상위 스킬로 보이고 있었다.

자신도 구할 수 없는 스킬을 던전에 갓 들어온 헌터가 가지고 있다는 사실에 해머는 당황함을 감출 수 없었다.

레벨 53과 레벨 70의 대결은 보나마나였다.

가슴에 전해진 충격에 밀린 해머는 뒤쪽으로 휘청휘청거리고 있었는데 몸의 균형을 찾기도 전에 한성의 주먹은 불꽃처럼 연이어 박히고 있었다.

'피해야 해!'

머릿속으로는 피해야 한다는 생각이 가득했지만 몸은 생각을 따라오지 못하고 있었다.

불꽃처럼 빠르게 움직이는 한성의 주먹은 해머의 몸을 움직이지 못하게 한다는 듯이 연이어 꽂히고 있었다.

격투가 스킬에서 공격은 세 번의 연타 효과가 있었으니 순식간에 세 방의 주먹을 꽂자 남아 있던 면역 쉴드가 순식간에 날아가 버리고 있었다.

챙! 챙! 챙! 챙!

정신을 차릴 새도 없이 해머가 자랑하던 쉴드는 유리처럼 쉴새 없이 깨지고 있었다.

'열 아홉! 스물!'

챙그랑!

지긋지긋 했던 면역 쉴드가 깨지는 순간이었다.

연이어 꽂고 있던 한성의 주먹이 멈추었다.

한성은 냉소를 머금었다.

"스무 번이었군."

면역 쉴드가 모두 다 사라지자 거칠 것 이 없었다.

자신을 얕보는 한성의 모습에 분노한 외침이 울려 퍼졌다.

"이 노옴!"

잠시 주먹을 멈춘 한성에게 거대 망치를 내려 치려는 순간 이었다.

순간 한성의 몸이 사라졌다.

'뒤!'

어느새 한성은 뒤쪽으로 움직인 상황이었다.

뒤쪽으로 움직인 한성을 향해 해머는 몸을 회전 시키며 팔꿈치를 내리 찍었다.

팔꿈치가 내려찍어지는 순간 이었다.

탁!

내려찍고 있던 팔꿈치는 무언가 에게 막힌 듯이 움직이지 못하고 있었다.

"앗!"

해머의 입에서 당황한 비명이 새어 나왔다.

체중을 실은 팔꿈치의 공격이 막혔다는 것에 놀란 것이 아니었다.

어찌된 일인지 한성의 손에 막힌 팔꿈치는 전혀 움직이지 못하고 있었다.

마치 접착제로 붙어 버린 듯이 팔꿈치는 한성의 손바닥에서 꼼짝 달 싹 하지 못하고 있었다.

한성이 가볍게 손바닥을 움직이자 곧바로 뼈가 부러지는 소리가 들려왔다.

두두둑!

가벼운 손짓에 내리찍은 방향과 정 반대의 방향으로 팔은 꺾이고 있었다.

"우아아악!"

비명에도 아랑곳없이 한성은 그대로 팔을 꺾어 버렸다.

해머의 팔은 완전히 틀어져 버렸고 팔을 꺾자마자 한성의 발차기가 떨어져왔다.

다리를 때린 다기 보다는 오히려 찍어 버린 다는 뒷무릎쪽을 향해 한성의 발이 찍어지는 순간이었다.

"푸아아악!"

사람과 똑같이 고통에 찬 비명이 해머의 입에서 튀어나왔다.

면역 쉴드가 없는 지금 해머의 맨몸은 한성의 공격을

생생히 전해주고 있었다.

한성에게 차인 다리는 박살나 버리며 흉측하게 부러진 상황이었다.

다리까지 부러진 순간 해머는 거대 망치를 놓치며 제 자리에서 무너져 내렸다.

최후의 순간을 느낀 해머는 부러지지 않은 한 손으로 한성의 어깨를 붙잡으려 했다.

부질없는 최악의 발버둥이었다.

한성은 전혀 피하지 않고 있었다.

해머의 체중과 힘이 실린 팔은 오히려 한성이 노리는 상황이었다.

해머의 뻗은 팔은 한성의 양 손에 붙잡혔다.

"하아아압!"

기합 소리와 함께 두 팔로 해머의 팔을 붙잡은 한성은 그대로 엎어치기를 시도했다.

"우와아아악!"

순식간에 자신의 몸이 들려지는 것이 느껴지면서 주변이 한 바퀴 회전을 하고 있었다.

자신의 체중은 한성의 두 배에 육박했는데 유도 스킬을 연상 시키는 한성의 몸놀림은 해머의 몸을 머리부터 그대로 바닥에 찍어 버렸다.

단순히 상대의 힘을 이용한 것이 아니라 최대한의 힘을 폭발시킨 탓에 그 충격은 몇 배가 되고 있었다.

콰과광!

거대 망치로 바닥을 찍었을 때처럼 대지가 울리며 흙먼지가 일어났다.

한성은 머리부터 처박힌 해머를 바라보았다.

목이 부러진 채로 해머는 눈을 뜬 채 죽음을 맞이하고 있었다.

빛과 함께 해머의 몸은 사라져 갔고 보상을 준다는 듯이 거대 망치가 보이고 있었다.

〈켈로비스의 거대 망치〉

등급: 희귀 상급.

공격력: 359-369

설명: 상급무기 최고의 공격력. 레벨 50 이하 사용 불가.

특수효과: 면역 쉴드를 파괴 합니다. 쿨 타임 12시간.

공격력은 보지도 않았다.

한성의 시선이 특수효과로 향했다.

연타 스킬이 없는 대신 면역 쉴드를 파괴 시키는 효과가 있었다.

잠시 생각에 잠긴 한성은 천천히 정수를 들이켰다.

격투가 스킬을 이용해서 손쉽게 해머를 제압하기는 했지만 긴장감과 떨림은 남아 있었다.

정수를 들이키자 안정감이 느껴져 왔다.

한성은 생각을 정리해 보기 시작했다.

사기 스킬이라는 말과 함께 밸런스를 붕괴 시키다시피 한 면역 쉴드 스킬이 독주를 한 것은 인류가 40층을 돌파하기 전까지였다.

40층 이후 부터는 지금 앞에 보이는 거대 망치처럼 면역 쉴드를 파괴하는 효과가 붙은 아이템들이 나오기 시작했고 면역 쉴드로는 막을 수 없는 막강한 마법 공격역시 등장했다.

다만 그 시점은 상당히 시간이 지난 후였는데 지금 로머들이 가지고 있는 스킬과 무기들은 입장한 던전 보다 적어도 10층 이상의 위 단계에서 출현하는 아이템들과 스킬들이었다.

즉 이들이 상위의 던전에서 내려온 자들이 아니라면 현재 던전 30층에 있는 이들은 절대자가 있는 천상계에서 내려 보내 졌다는 것을 의미했다.

한성의 시선이 눈 앞에 반짝이고 있는 거대 망치로 향했다.

주인 잃은 거대 망치는 새로운 주인을 기다린다는 듯이 빛을 발산하고 있었다.

한성은 천천히 해머를 인벤토리 안에 집어넣었다.

면역 쉴드를 부숴버릴 수 있는 무기를 획득했다는 기쁨 보다는 비장의 스킬인 격투가 스킬을 써버렸다는 아쉬움이 더 강하게 느껴지고 있었다.

'남은 로머는 체인과 건틀릿.'

체인의 레벨은 54였고 건틀릿은 58이었다.

단순히 레벨이 문제가 아니었다.

둘 다 면역 쉴드를 가지고 있었고 해머의 면역 쉴드 20회 만큼 어떤 장기를 감추고 있는 지는 아직 알지 못했다.

레벨 53의 해머 조차도 격투가 스킬을 사용하지 않았으면 이기기 힘들었을 텐데 남은 둘을 상대한다는 것은 현 시점에서는 불가능해 보였다.

잠시 무언가 생각 해 본 한성의 시선은 목표물인 캐논 플라워로 향했다.

아티팩트를 파괴 시킨 주범.

열 두 송이의 캐논 플라워는 대포처럼 일렬로 입을 벌리고 있었는데 한성은 아무런 경계도 없이 캐논 플라워를 향해 성큼 다가갔다.

자신이 알고 있는 것 그대로였다.

캐논 플라워는 아티팩트만을 노린다는 듯이 한성이 다가오고 있음에도 아무런 반응을 보이지 않고 있었다.

아티팩트가 있는 방향으로 입을 벌리고 있는 캐논 플라워를 향해 한성은 검을 내밀며 스킬을 작동 시켰다.

화르르르르!

로머들에게는 어림도 없을 느리고 약한 화염 이었지만 제 자리에 고정되어 있는 캐논 플라워에게는 큰 데미지를 주고 있었다.

화염 스킬이 한번 휘몰아치자 캐논 플라워들은 순식간에 불타오르고 있었다.

불 앞에서 캐논 플라워는 한낱 식물에 불과했다.

캐논 플라워가 불타고 있는 가운데에서도 한성은 로머들을 상대할 방법을 구상하고 있었다.

채 삼 분도 지나지 않아 대포 모양의 꽃 부분은 모두 다 녹아내렸고 잎사귀만이 덩그러니 남아 있었다.

한성은 잎사귀 하나를 들어 보였다.

〈캐논 플라워의 잎사귀.〉

설명: 캐논 플라워의 시체.

특징: 잎사귀를 심으면 아름다운 꽃으로 재생이 가능합니다.

캐논 플라워를 제거 했다는 증거로 삼을 잎사귀를 품에 넣는 순간 이었다.

[격투가 스킬 종료 되었습니다. 143시간 50분 후 사용 가능합니다.]

가장 아껴 두었던 스킬이 종료 되었다.

재 시전까지 걸리는 쿨 타임은 무려 144시간에 가까운 시간이 남아 있었으니 적어도 던전 안에서 격투가 스킬을 사용할 수는 없었다.

집으로 돌아갈 길이 생겨났지만 아직 로머는 남아 있었다.

잠시 생각해 보았다.

'로머들을 피해 있다가 아티팩트가 생성될 즈음 돌아간다?'

고개를 흔들었다.

일단 아티팩트가 언제 완성이 되는 지 알 수 없었고 캐논 플라워를 지키고 있는 로머들이 아티팩트를 모르고 있을 리 없었다.

한성은 레이다를 확인해 보았다.

자신과 보스 몬스터가 있는 곳으로 끌려간 헌터들을 제외한 모든 헌터들은 아티팩트 근처에 모여 있었다.

로머가 동료들을 학살했다는 사실에 겁을 먹은 듯이 아티팩트에 모여 있는 자들은 더 이상 움직이지 못하고 있었다.

레이다를 꺼내 보고 있던 한성의 머릿속에 한 가지 생각이 들었다.

'레이다?'

로머들은 인간들과 모습만 똑같은 것이 아니라 지능까지 똑같아 보였다.

헌터들이 로머들에게 당했을 때 만일 레이다가 로머들의 손에 들어갔다면 자신이 아무리 모습을 숨긴다 하더라도 들키지 않을 수 없었다.

결국 결론은 로머들을 피해 가는 것은 불가능해 보였다.

격투가 스킬이 사라졌지만 다행이 레벨 증폭 스킬은 하루 가까이 지속 시간이 남아 있었다.

즉 앞으로 24시간 가까이 레벨 50을 유지할 수 있었는데 레벨 50이 가능하다는 것은 방금 획득한 거대 망치 역시 사용이 가능하다는 것을 의미했다.

격투가 스킬이 사라진 지금 의존할 수 있는 것은 한 방에 면역쉴드를 파괴 할 수 있는 망치 밖에 없었다.

한성은 인벤토리에서 거대 망치를 꺼내 보았다.

낫 보다도 더 익숙하지 않은 거대 망치는 휘두르는 것조차 불편해 보였다.

해머의 경우 상당히 많은 면역 쉴드를 갖추고 있었으니 자신의 몸을 방패 삼아 한방을 노릴 수 있을 테지만 면역 쉴드 스킬이 없는 자신으로서는 이런 거대 망치는 움직임에 불편함만을 가중 시킬 것이 분명했다.

'지금 획득한 망치로 한방을 노린다. 하지만 어떻게? 또한 망치의 면역파괴는 쿨 타임이 12시간이다. 한명을 잡는다 하더라도 다른 한명은 잡을 수 없다.'

남은 둘을 제압하기 위해서는 동료들의 힘이 필요 했다.

아니 더 정확하게 말한다면 미끼가 필요 했다.

결심을 굳힌 한성의 발걸음이 처음 시작했던 곳으로 향하기 시작했다.

❖

한성이 해머를 제압하고 돌아오고 있던 그 시각.

모체들을 획득한 건틀릿과 체인은 아티팩트 쪽으로 출발을 한 상황이었다.

레이다를 확인하지 않아도 헌터들이 갈 곳은 납치된 동료들이 있는 곳, 캐논 플라워가 있는 곳, 그리고 아티팩트가 있는 곳이었다.

레이다를 획득한 이들은 헌터들의 위치를 한눈에 파악하고 있었는데 레이다를 보며 걷고 있던 건틀릿이 걸음을 멈추며 중얼거렸다.

"이상하다."

"뭐가?"

곁에 있던 체인이 묻자 건틀릿은 레이다에서 홀로 떨어져 있는 점 하나를 가리키며 말했다.

"혼자 돌아다니고 있는 이 헌터 말이다. 좀 전에 분명 해머가 있던 곳에 있었다."

해머를 만났다면 분명 점은 사라졌어야 했는데 아직까지 점은 움직이고 있었다.

체인이 중얼거렸다.

"여자 헌터인 것 아닌가? 해머가 사로잡아 데리고 오는 중일지도."

해머가 헌터 한명에게 당했다고는 꿈에도 상상할 수

없었다.

"아니, 해머는 캐논 플라워를 지키기 때문에 움직이지 않는다. 또한 움직이는 방향 역시 헌터들이 모여 있는 곳이다."

"설마……."

"대거도 보이지 않는다. 아무리 혼자 행동하는 것을 좋아하고 모체들을 탐하는 성격이라 하더라도 너무 오랫동안 보이지 않는다."

건틀릿의 말에 체인은 당치도 않는다는 듯이 웃음을 흘리며 말했다.

"풋. 무슨 생각을 하는 거냐? 설마 헌터에게 당했다고 생각하는 거냐? 헌터들의 실력은 봤잖아? 이런 실력을 가지고 있는 놈들에게 당할 실력이라면 그냥 죽는 게 낫다."

체인의 말에도 불구하고 건틀릿은 레이다를 체인에게 건넸다.

"뭐냐?"

건틀릿은 걷고 있던 방향을 바꾸었다.

"내가 해머에게 가서 확인을 하겠다. 나무에 표식을 남기며 가도록. 만일의 사태에 대비해 내가 갈 때 까지 혼자 행동하지 마라."

말을 마친 건틀릿은 체인의 대답을 듣기도 전에 번개 같이 움직였다.

로머들은 생김새들은 똑같았지만 사용하는 무기가 다른 것처럼 각기 다른 장점들이 있었는데 해머는 면역 쉴드였고 건틀릿은 스피드였다.

다른 로머들이 가지고 있는 속공의 레벨보다 몇 단계 위의 속공을 가지고 있었는데 이 부분이 바로 건틀릿의 최고 장점이었다.

순식간에 시야에서 사라져간 건틀릿을 향해 체인은 불만스러운 표정을 지었다.

"자식이 누구한테 이래라 저래라야."

실력으로 보면 건틀릿이 가장 높은 실력인 것은 분명했지만 엄연히 똑같은 몸에서 나온 분신체인데 명령을 내리는 것에 체인은 불만이었다.

체인을 곧바로 레이다를 확인했다.

한성을 제외한 상당수의 헌터들이 모여 있는 점들을 본 체인은 군침을 흘렸다.

"흐음. 어찌 보면 모체를 독차지 할 수 있는 기회일지도."

탐욕스러운 눈빛을 빛낸 체인이 아티팩트 쪽으로 움직이기 시작했다.

NEO MODERN FANTASY STORY

10. 체인.

회귀의 절대자

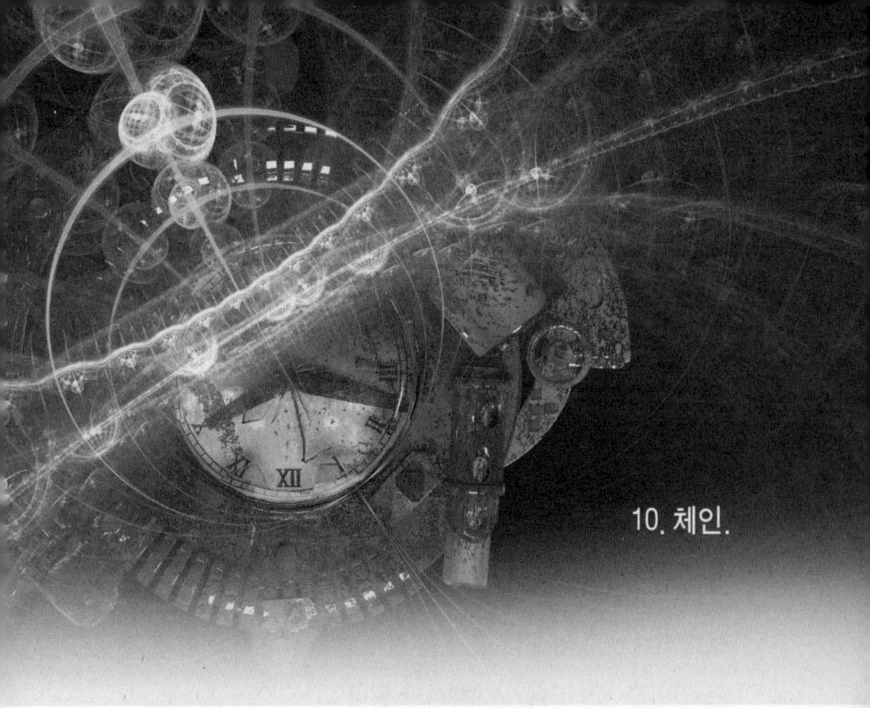

10. 체인.

아티팩트가 재생되는 마지막 날.

캐논 플라워를 제거한 한성은 처음 아티팩트가 있던 곳으로 돌아오고 있었다.

멀리 앞에서 복원되어가고 있는 아티팩트가 보이고 있었다.

벌써 절반가량 완성되어진 상황이었는데 이런 속도라면 24시간 이내에 복구 될 거라 생각 되었다.

한성은 걸음을 멈추었다.

걸음을 멈춘 한성이 아티팩트에 시선을 집중 시키자 예상 시간이 보이고 있었다.

[아티팩트 재생까지 남은 시간 10시간 30분 25초.]

예상보다 짧았다.

운이 좋아 10시간 30분 동안 버틸 수 있다면 로머들을 무시한 채 아티팩트를 이용해서 돌아갈 수 있었다.

다만 이 사실을 알고 있는 로머들 역시 결코 용납하지는 않을 것이 분명했다.

곧이어 한성은 레벨 증폭 스킬을 확인해 보았다.

[유효 시간 8시간 54분.]

아직 레벨 증폭 스킬은 유효 시간이 남아 있었지만 격투가 스킬은 사용이 불가한 상황이었다.

면역 쉴드를 제거할 수 있는 유일한 무기인 해머는 레벨 50부터나 가능했으니 로머를 상대해야 한다면 레벨 증폭 스킬이 끝나기 전에 상대해야만 했다.

유효 시간을 확인한 한성은 다시 아티팩트쪽으로 시선을 돌렸다.

지금 한성이 바라보고 있는 곳은 아티팩트가 아닌 그 앞쪽에서 서서히 퍼지고 있는 초록색 기운이었다.

투명한 초록빛의 쉴드는 일종의 마나 배리어였다.

아티팩트는 어느 곳에 있던지 초록색 마나의 기운이 주변으로 잔잔하게 흐르고 있었는데 그 기운이 바로 몬스터의 접근을 막아주는 마나 쉴드였다.

캐논 플라워 같은 예외적인 공격이 있기는 했지만 일반적으로 몬스터들은 아티팩트의 초록색 기운 안쪽으로 들어올 수 없었다.

아티팩트가 박살이 나면서 마나 쉴드 역시 사라져 버렸지만 지금 아티팩트가 복원이 되면서 마나 쉴드 역시 복원되어지고 있었다.

로머가 인간의 형체를 하고는 있었지만 분명 몬스터임에는 틀림없었다.

만일 아티팩트가 완성되기 이전에 초록색 마나 쉴드가 생성되어 진다면 그 안에서 로머를 피할 수 있을 지도 몰랐다.

다만 지금까지 배리어는 완전히 복원되지 못하고 있었다.

아직 아티팩트가 복원이 되지 않았기 때문인지 초록색 마나의 기운은 범위가 넓지 않았지만 아티팩트 모서리 부분으로 작은 초록색 기운들이 점점 더 커지고 있는 모습이 보이고 있었다.

지금 생성된 공간으로는 사람 한명 들어갈 공간도 되지 않았지만 아티팩트가 복원되는 시간 보다 마나 쉴드가 생성되는 시간이 약간이나마 더 빠른 것으로 생각 되었다.

어쩌면 아티팩트가 완성되기 전 까지 마나 쉴드는 유일한 탈출구가 될 수 있었다.

잠시 멈추었던 걸음을 다시 옮기기 시작했다.

곳곳에는 어설프게 덫이 설치되어 있었다.

한성은 고개를 흔들었다.

슬로우 덫도 아닌 이런 낮은 레벨의 덫들은 설치하나 마나였다.

헌터들이 베이스를 설치한 장소도 틀렸다.

지금처럼 나무들로 둘러싸인 이곳은 로머들이 모습을 감추기에 더 용이했고 이곳에서 로머들과 싸운다는 것은 어림도 없는 일이었다.

곧이어 자신을 마중 나오는 것처럼 헌터들이 모여 있는 모습이 보였다.

한성의 모습을 제일 먼저 발견한 자는 처음 한성이 떠났을 때 한성한테 소리쳤던 여자 힐러였다.

꽤 미모의 여자 이었지만 지금 한성에게 중요한 것은 미끼로 삼을 수 있는 여자가 있다는 사실 이었다.

한성을 바라본 여자의 입에서 가벼운 탄성이 새어 나왔다.

"아! 왔어요!"

여자의 목소리에 헌터들이 우르르 몰려나오기 시작했다.

한성을 바라본 헌터들이 놀란 표정을 지었다.

"어! 살아 있었어!"

"뭐야? 캐논 플라워가 있는 곳까지 혼자 갔다 온 거야?"

"진짜 살아 있었네."

"그렇게 움직이고 혼자 행동했는데?"

이들 역시 레이다를 통해서 한성의 움직임은 확인하고 있었다.

캐논 플라워가 있는 쪽으로 홀로 갔다는 사실 역시 알고 있었는데 한성이 살아 돌아올 줄은 그 누구도 기대하지 못한 사실 이었다.

“어떻게 됐어? 캐논 플라워는?”

혼자 떠나간 자신에게 욕을 퍼부었던 때와는 전혀 다른 분위기 이었다.

동료 몇몇이 끌려갔다는 사실과 로머들에게 헌터들이 죽어 나갔다는 사실에 이들은 공포에 질려 있는 상황이었다.

한성은 살아 있는 자들을 바라보았다.

부상자들을 제외하고 전투 참여가 가능한 자는 채 열 명도 되지 않았다.

특히나 상위의 레벨이나 강한 공격 스킬을 가지고 있는 공격조들은 이미 앞선 로머의 습격으로 모두 다 죽은 탓에 지금 남아 있는 자들은 대부분 저 레벨이나 공격력이 약한 힐러들 이었다.

어차피 한성에게 필요한 것은 헌터들의 실력 보다는 머리 숫자였다.

로머에게 한방을 날릴 때 까지 시간을 끌어주고 시선을 혼란시킬 나쁘게 말하면 희생양이 필요했다.

모두가 자신에게 모여들고 있는 가운데 미묘하게 공기가 바뀌었다는 사실을 눈치 챌 수 있었다.

멋대로 혼자 떠난 자신을 향해 화를 내기는커녕 오히려 한명이라도 동료가 생겼다는 생각에 반가워하는 눈치가 보였는데 이건 전형적인 리더를 잃은 자들의 모습이었다.

한성의 시선이 한쪽으로 향했다.

다른 이들과는 달리 덜덜 떨고 있는 채로 초라하게 앉아 있는 기주가 보였다.

기주는 완전히 다른 사람이 된 것처럼 보이고 있었다.

겁에 완전히 질려 버렸다는 듯이 한성이 나타났음에도 그의 시선은 움직이지 않고 있었다.

바닥에 시선을 고정 시키며 중얼거리는 그의 목소리가 들려왔다.

"다, 죽을 거야. 다 죽을 거야. 여자가 되어야해. 여자만 살 수 있어."

아직 까지 동료들의 죽음에 대한 공포가 남아 있었는지 그의 몸은 쉴새 없이 떨리고 있었다.

기주의 미친 듯 한 중얼거림을 들은 한성은 생각했다.

'이 자가 유일한 생존자였구나.'

로머들의 압도적인 실력과 동료들이 학살당했다는 것을 본 기주는 이미 모든 것을 체념한 듯 보이고 있었다.

양팔로 덜덜 떨고 있는 자신의 몸을 껴안으며 쭈그리고 앉아 있는 기주의 모습에서 엘리트 헌터의 모습은 어디에서도 찾아 볼 수 없었다.

동료들 역시 이미 모두 다 체념한 듯이 보이고 있었다.

누군가 기주를 바라보며 말했다.

“정신이 나가 버렸어.”

“얼마나 충격을 받았으면 그 토록 똑똑하던 헌터가 이렇게 되어 버렸을까?”

“우리도 죽을지 몰라.”

기주의 충격은 전염이 되고 있었다.

가장 실력이 뛰어난 자들이 납치된 헌터들을 구하러 갔었는데 그들이 모두 다 죽어 버린 지금 이들은 아무 희망 없이 죽음만을 기다리고 있는 동물들처럼 보이고 있었다.

한성이 돌아오기는 했지만 분위기는 여전히 침체된 분위기였다.

몇몇 이들만이 캐논 플라워가 있는 쪽에서 돌아온 한성을 향해 기대하고 있는 눈치였고 나머지 대부분은 기대조차 하지 않고 있는 표정이었다.

한성은 캐논 플라워의 잎사귀를 던졌다.

“캐논 플라워를 제거했다. 아티팩트가 생성되면 돌아갈 수 있다.”

“오옷?”

“정말이야?”

모두의 눈이 커졌다.

한성이 캐논 플라워가 있는 쪽으로 갔다는 사실은 레이다를 통해 알고 있었지만 캐논 플라워까지 제거 할 줄 은 몰랐었다.

"진짜다! 캐논 플라워의 잎사귀야!"

"와! 이제 집으로 돌아갈 수 있어!"

초점 없이 기죽어 있던 헌터들의 눈에 한 줄기 빛이 감돌기 시작했다.

집으로 돌아갈 수 있다는 사실에 헌터들의 눈에는 기쁜 기색이 역력했다.

그때였다.

초점을 잃고 있었던 기주의 시선 역시 한성에게로 향했다.

"뭐? 뭐라고?"

믿을 수 없다는 듯이 기주는 제 자리에서 벌떡 일어나 한성이 내 던진 캐논 플라워의 꽃잎을 바라보았다.

정신이 반쯤 나간 상황에서도 한성이 캐논 플라워를 제거 했다는 사실은 그의 정신을 돌아오게 하고 있었다.

마치 지옥에서 구원자를 본 듯이 기주는 한성의 다리를 붙잡으며 말했다.

"살려줘! 살려줘! 죽기 싫어! 난 이런 곳에서 죽을 수 없어!"

한성이 떠나갈 때 자신 있게 말했던 그의 모습은 어디에서도 없었다.

엘리트 헌터의 자존심도 한성이 자신 보다 늦게 들어온 후배라는 사실도 죽음에서 벗어나게 해 주겠다는 데에는 그 어떤 무엇도 보이지 않고 있었다.

가볍게 한쪽 다리를 움직이며 기주를 밀쳐낸 한성은 헌터들을 바라보며 말했다.

"캐논 플라워는 제거 했지만 던전을 돌아다니며 헌터들을 노리는 로머들이 있다. 그들에게 레이다를 빼앗겼으니 분명 우리의 위치를 알 거다. 분명 아티팩트가 완성되기 전에 올 거다."

기쁨에 차 있던 헌터들의 얼굴에 웃음이 사라졌다.

기주로부터 전해들은 로머의 실력에 이들은 이미 겁을 먹고 있었는데 그들이 온 다는 사실에 얼굴에는 당황함이 가득해졌다.

한성이 말했다.

"로머들의 숫자는 둘. 이곳에서는 감당할 수는 없다. 내가 설치해 둔 덫을 이용해서 상대한다. 그리고 미끼가 필요하다."

헌터들에게 자신의 생각을 감출 생각은 없었다.

미끼라는 표현을 서슴지 않고 사용했지만 헌터들은 불쾌감 보다는 의아한 표정을 지었다.

"미끼?"

"로머들은 여자들만을 노린다."

헌터들 역시 기주를 통해 들어서 어느 정도 알고 있었다.

실제 아직 레이다에서 살아 있음을 알리는 점들의 숫자는 여자 헌터들이 숫자와 일치했다.

"정면으로는 절대 승산이 없다. 여자를 미끼로 로머를

끌어내 기습을 가한다."

한성의 시선은 여자를 찾았다.

남아 있는 헌터들 중 여자는 총 세 명이 있었는데 한 명은 부상을 입고 있었고 두 명만이 남아 있었다.

다른 모든 헌터들의 시선 역시 부상을 입고 있지 않은 여자 두 명에게 시선이 쏟아져 왔다.

모든 헌터들의 시선이 향해지자 두 명의 여자 헌터는 당황한 표정을 지었다.

두 명 모두 겁에 질려 있는 얼굴이었다.

두 여자를 바라보고 있던 한성이 물었다.

"속공 스킬 가지고 있나?"

미끼가 되기 위해서는 최소한 어느 정도 달아날 수 있는 실력이 필요했다.

여자가 대답하기도 전에 곁에 있던 남자 헌터 한명이 보고를 하듯이 말했다.

"유진이가 가지고 있습니다."

어느새 한성이 리더가 된 듯이 한성에게 존댓말을 하고 있었다.

헌터들의 시선이 쏠린 여자에게 한성은 시선을 돌렸다.

170을 살짝 넘을 정도로 여자 치고는 큰 키의 여자 헌터이었는데 그녀의 마크는 탐색조의 조사단원 마크였다.

탐색조에서 조사단원 이라고 한다면 전투 보다는 던전의 자원 파악과 투자 가치를 따지는 일을 하는 쪽의 헌터였다.

전투 실력은 전무하다고 할 수 있었지만 어차피 미끼로 사용할 것이니 공격력은 의미가 없었다.

유진에게 시선을 돌린 한성이 물었다.

“현재 속공 레벨은?”

“1입니다.”

아쉽기는 했지만 달리 선택은 없었다.

“좋다. 따라오도록. 모두 이동한다.”

그때였다.

한성이 움직이는 순간 전과 똑같은 질문이 들려왔다.

“부상자들은요?”

익숙한 질문과 똑같은 목소리였다.

한성의 시선이 방어구에 새겨져 있는 여자의 이름으로 향했다.

최한나.

처음 한성이 움직인다고 했을 때 부상자들을 걱정하던 그 여자 힐러 헌터였다.

그녀는 전과 마찬가지로 부상당한 자들을 바라보고 있었는데 한성의 대답 역시 똑같았다.

“전과 같다. 부상자들은 버리고 간다. 로머들이 아티팩트쪽으로 먼저 오지 않는다면 생존 확률은 오히려 이쪽이 더 높을 지도 모른다.”

한나의 목소리가 높아졌다.

“이쪽으로 먼저 오면요!”

한성은 짧게 답했다.

"죽음이지."

"지켜 줘야 하잖아요? 어떻게 그렇게 무책임하게 말할 수 있어요?"

"로머들이 언제 기습을 할지 모르는 상황에서 이들을 끌고 가다간 지체 될 수 있다. 더군다나 아티팩트가 완성될 시간에 맞추어 와야 하는데 쓸데없는 상황을 만들 수는 없다. 부상자들을 지켜 주고 싶은 자들은 남도록."

처음 한성이 말했을 때 와 똑같은 상황이 발생하고 있었지만 변화는 있었다.

과거 일방적으로 비난을 퍼부었던 헌터들에게도 변화가 일어났다.

모두가 꿀 먹은 벙어리처럼 그 누구도 한성에게 비난을 하는 자는 없었다.

로머들에 의한 동료들의 죽음에서 이미 헌터들은 죽음이 더 이상 남 일이 아니라는 것을 깨달았다.

지금 이들에게 동료애, 레벨의 높고 낮음, 선후배 같은 것은 어디에도 없었다.

혼자서 캐논 플라워를 해치우고 왔다는 사실은 살 길을 열어 주는 자가 누구인지를 말해 주고 있었다.

헌터들의 얼굴에는 한성을 따라가겠다는 표정이 역력했다.

"살고 싶은 자들은 따라오도록."

한성의 말이 끝나는 순간 이었다.

제일 먼저 기주가 달라붙었고 곧바로 유진이 따라 붙었다.

이 둘은 행여 한성이 버리고 가는 것이 아닌지 한성 곁으로 바짝 달라붙고 있었다.

한성에게 필요한 것은 미끼로 삼을 여자 헌터 한명과 로머의 시선을 일시적으로 돌리게 할 수 있는 희생양이 필요했다.

이 두 명은 군중 심리를 일으키는 도화선이 되었다.

곧바로 두 명이 추가로 따라 붙었다.

나머지 헌터들은 아직 결심을 굳히지 못하고 있었는데 다른 이들은 따라오던 말든 상관이 없다는 듯이 한성이 움직이자 당황한 것은 헌터들 이었다.

한나가 두 손을 모으며 남아 있는 헌터들을 향해 말했다.

"제발……."

눈물을 글썽이고 있는 한나의 모습에 헌터들은 쉽게 움직이지 못하고 있었는데 한성은 알아서 하라는 듯이 더 이상 아무런 말도 하지 않고 멀어져 가고 있었다.

헌터들은 슬슬 서로의 눈치를 보고 있었지만 한두 명씩 한성을 따라 움직이고 있었다.

결국 부상자들과 한나를 제외한 전원 한성을 따라오기 시작했다.

한나가 소리쳤다.

"모두 너무해요! 어떻게 동료를 버리고 갈 수 있어요!"

울음 섞인 목소리가 울려 퍼지는 순간 이었다.

누군가 버럭 한쪽에 있는 부상자를 손가락으로 가리키며 소리를 내질렀다.

"약혼자잖아! 네 약혼자가 있으니까 데려가겠다고 한 거 아니야? 만일 약혼자가 부상을 입지 않았으면 너도 따라갈 거잖아!"

부상을 입은 자들 중에는 한나의 약혼자가 있었다.

한나의 약혼자는 공교롭게도 눈을 다쳤는데 그는 현재 전혀 앞을 볼 수 없는 상황이었다.

한나는 울면서 주저앉아 버렸는데 그 누구도 그녀를 위로해 주는 자는 없었다.

멀어져 가는 헌터들의 뒤에서 흐느끼는 울음 소리가 들려오고 있었지만 한성의 귀에는 들려오지 않고 있었다.

한성의 머릿속으로는 온통 로머에 대한 생각으로 가득 차 있었다.

인간의 관점으로 본다면 한나가 더 예뻤지만 로머들이 인간의 미의 기준으로 사냥을 한다고는 생각할 수 없었다.

'일단 미끼는 획득했다. 허나. 역시 동시에 두 명을 상대하기는 무리다.'

아무리 머리를 쥐어 짜내어 보아도 두 명을 동시에 쓰러뜨리기에는 힘들어 보였다.

한성은 슬쩍 아티팩트를 바라보았다.

얼마 지나지도 않았지만 분명 아티팩트를 감싸고 있는 초록빛의 마나 쉴드는 약간이나마 커졌다는 것을 알 수 있었다.

아티팩트의 복원 속도보다 마나 쉴드의 복원 속도가 약간 더 빠른 것으로 보였다.

아직 한명도 들어가지 못할 공간이었지만 몇 시간만 지난다면 적어도 한명 정도는 들어갈 수 있는 공간이 마련될 수 있을 것 같았다.

얼마 후.

한성이 헌터들과 함께 돌아온 곳은 처음 헤어테일을 사냥하던 호수 근처였다.

덫의 위치를 설명한 한성은 이곳에 있는 모든 헌터들에게 알리미의 덫이 작동하도록 설계를 바꾸었다.

"로머에게 통하는 덫은 알리미의 덫과 슬로우 덫뿐이다."

다른 덫 들은 의미가 없을지 몰랐지만 슬로우 덫만큼은 적어도 효과가 있다는 사실을 대거를 통해 알고 있었다.

"슬로우 덫은 불과 16초. 더구나 로머들은 속공 스킬이 높을 거다. 싸울 생각을 하지 말고 방어할 생각을 하도록."

곧바로 한성은 헌터들이 위치할 곳과 사용할 무기를 알려 주었다.

유인책이 될 여자 헌터들 제외하고는 모두 다 똑같은 무기를 착용하고 있었다.

한손으로 들기에 버거울 정도로 커다란 쉴드를 다른 한 손에는 크로스 보우를 들고 있었다.

한성의 지시를 기다린다는 듯이 바라보고 있는 헌터들을 향해 한성이 말했다.

"정면으로는 상대할 수 없으니 내가 설치한 덫이 있는 곳에서 여자를 미끼로 하고 노린다. 로머는 두 명. 한명은 분명 여자를 노릴 거다. 여자를 노리는 로머를 내가 상대하는 동안 다른 한명의 시선을 끌도록."

기주가 놀라며 말했다.

"우리들끼리 말입니까?"

"방패로 몸을 가리고 흩어진다. 로머의 무기가 더 강하기는 하지만 적어도 한방은 막아줄 수 있다. 너희들이 해줄 것은 단 하나. 로머의 시선을 끄는 것 뿐. 그 이상은 기대하지도 않는다."

사실 이들의 실력 가지고 로머의 시선을 끌어주는 것도 힘들 거라 생각했지만 지금 상황에서 다른 방법은 없었다.

면역 쉴드를 제거할 거대 망치가 있었으나 사용은 한번만 가능했다.

로머 중 한명이 여자 헌터를 노릴 것이 분명했으니 여자 헌터를 미끼로 로머 중 하나를 끌어들인 후 벼락같은 기습을 통해 한명을 제거할 생각이었고 다른 한명은 헌터들이 시간을 끌어 주기를 바라는 수밖에 없었다.

문제는 그 다음 이었다.

여자 헌터를 미끼로 로머 한 마리를 잡아도 나머지 한명까지 잡는다는 것은 불가능했다.

'그 다음은 각자의 운명에 맡기는 수밖에.'

한성은 마음속의 말을 밖으로 내뱉지는 않고 있었다.

이윽고 모든 준비가 끝나고 한성이 유진에게 말했다.

"네가 가장 중요한 역할이다."

모두의 시선이 유일한 여자인 유진에게 향했다.

유진은 다소 긴장한 한 표정이었는데 한성이 말했다.

"로머는 여자들만을 우선적으로 노린다. 여자는 죽이지 않으니 걱정하지 말도록. 이곳에서 가장 중요한 역할을 하니 잘 듣길 바란다."

아직 행동 지시를 말해 주지도 않았지만 유진은 까칠한 표정을 지었다.

워낙에 급한 상황에서 정신없이 한성을 따라오기는 했지만 막상 자신이 미끼가 된다고 생각하자 상당히 당황스러웠다.

유진은 불만이라는 듯이 물었다.

"내가 왜 미끼가 되어야 하죠?"

예상치 못한 사태였다.

의외의 가시 돋친 물음에 한성의 눈썹이 살짝 치켜졌다.

살기 위해서 당연히 할 줄 알았지만 그녀의 어조에서는 강한 거부감이 느껴져 오고 있었다.

화난 기색을 보이지 않은 채 한성은 담담하게 말했다.

"이곳에 있는 유일한 여자니까."

유진은 징징 거리기 시작했다.

"내가 미끼라면 죽을 확률이 가장 많다는 거잖아요! 난 못해요! 여자를 노리는 거라면 아까 거기에 있던 한나라도 잡아 와요!"

순간 화가 치밀어 올랐다.

한성은 끓어오르는 화를 참으며 말했다.

"그녀는 이미 오지 않겠다고 마음을 굳혔다. 자신의 결심을 굳힌 자를 데려와 봤자 제대로 될 리가 없다."

유진의 목소리가 높아졌다.

"그럼 잡아서 이곳에 묶어 놓으면 되잖아요!"

잔인하고 이기적으로 들려왔지만 그녀는 거침없이 말하고 있었다.

한성이 반박했다.

"로머는 바보가 아니다. 묶어 둔다면 당연히 의심을 할 것 아닌가? 오히려 너처럼 살고자 하는 욕심이 많은 여자가 더 필요하다. 결정적으로 그녀는 속공이 없다. 적어도 내가 있는 곳까지 로머를 유인하려면 속공은 필수다."

마음속으로는 화가 치밀어 오르고 있었지만 현재 미끼

역할을 할 수 있는 여자는 유진밖에 없었던 탓에 한성은 설명하듯이 말하고 있었다.

곧바로 한성은 호수를 바라보며 말을 이었다.

"나는 호수 중앙에서 모습을 감추고 있을 거다. 알리미의 덫이 작동하는 즉시 내가 있는 쪽으로 뛰어 오도록. 그게 네가 할 일의 전부이다. 로머는 여자를 납치할 뿐 죽이지는 않는다. 걱정하지 말고 뛰어!"

마음속에 억누르고 있던 화가 올라온 다는 듯이 한성의 어조가 약간 높아졌지만 유진은 고개를 흔들었다.

"못해! 못해! 아니 안 해!"

철이 없는 건지 사태를 파악하지 못하는 건지 몰라도 그녀는 완강하게 거부하고 있었다.

주변에 있던 헌터들은 하나 같이 기가 차다는 듯이 고개를 흔들었다.

한성 역시 화를 내려는 순간이었다.

한성보다 먼저 화를 낸 사내가 있었다.

"야이 썅년아!"

욕설을 퍼부은 사내는 기주였다.

찰싹!

기주의 손바닥이 사정없이 유진의 얼굴을 갈겼다.

손에 전혀 사정을 두지 않고 휘두른 손찌검에 유진의 몸이 휘청거렸지만 이걸로는 부족하다는 듯이 기주는 거칠게 유진의 머리를 잡고 끌고 가기 시작했다.

"꺄아아아악!"

유진은 끌려가면서 비명을 내질렀지만 그 누구도 말리거나 도와주는 이는 없었다.

호수 안으로 유진을 끌고 간 기주는 가차 없이 유진의 머리를 물속으로 쳐 박아 버렸다.

"어푸! 어푸!"

두 팔을 휘어 저으며 발버둥치고 있었지만 기주는 물속에 쳐 박은 그녀의 머리를 놓아주지 않고 있었다.

목에 핏대가 오른 기주는 물속에 머리가 박혀 있는 유진을 향해 귀가 찢어지도록 소리를 질러댔다.

"미친 거 아니야! 이게 지금 장난인줄 알아! 이 년아 죽고 싶어! 죽을 거면 니 혼자 뒈져!"

구경하고 있던 헌터들은 완전히 바뀌어 버린 기주의 태도에 혀를 내두르고 있었다.

엘리트 헌터에 평소 상냥함까지 갖추고 있던 기주의 모습은 온데간데없었다.

기주의 눈 빛은 살겠다는 의지로 가득 차 있었고 진짜 죽이겠다는 듯이 유진의 머리를 물 속으로 처박고 있었다.

물 밖으로 유진의 머리를 잡아 챈 기주는 새파랗게 질려 있는 그녀의 목에 단검을 들이대며 외쳤다.

"이년아! 하지 않으면 내가 먼저 죽여주겠다!"

유진은 충격에 정신이 반쯤 나간 상황이었다.

반쯤 돌아버린 기주는 진짜로 단검을 찌를 기세였다.

하얀 목덜미를 향해 단검이 살짝 닿는 순간이었다.

한성의 손이 기주의 손목을 잡으며 한쪽으로 치웠다.

어느새 한성 역시 호수 안으로 들어온 상황이었다.

기주는 아무런 말도 못하고 있었는데 한성은 반쯤 정신이 나가 버린 유진의 어깨를 두 손으로 붙잡았다.

얼핏 보면 위로 해 주고 있는 것처럼 보이고 있었는데 한성은 유진의 귓가에 속삭이듯이 말했다.

"잘 들어라. 네가 미끼다. 이걸 해내지 못하면 우리들은 그냥 고통 없이 죽어버리겠지만 넌 보스 몬스터에게 끌려가 죽음보다도 심한 고통을 느낄 거다. 죽여 달라고 애원해도 죽지 못하고 고통 속에서 몬스터의 새끼를 낳게 될 거다. 새끼 몬스터가 네 그곳을 찢으며 나오는 순간……."

"아악!"

유진은 더 이상 들을 수 없다는 듯이 귀를 막으며 그대로 주저앉아 버리고 말았다.

한성은 냉정하게 말했다.

"그러니까. 살고 싶으면 시키는 대로 해라."

❖

몇 시간 후.

나무 위에서 레이다를 보고 있던 체인은 고개를 갸웃거렸다.

'흐음. 이 지점은 아티팩트가 있는 곳이 아닌데. 아티팩트에 있는 헌터들 보다 숫자가 훨씬 많다.'

원래 체인은 아티팩트가 있는 쪽으로 향하고 있던 도중이었는데 레이다로 헌터들의 움직임을 확인하고 방향을 바꾸었다.

체인은 감히 헌터들이 자신을 기다리고 있을 거라는 사실은 꿈에도 생각하지 못하고 있었다.

건틀릿이 올 때 까지 기다리라는 지시가 있었지만 체인의 머릿속에 그의 당부는 이미 없었다.

'흥! 지 혼자 모체들을 독점하려고 하다니. 그래서 대거가 혼자 다닌 거다!'

체인의 머릿속에는 자신이 모체를 선점할 수 있다는 생각이 가득 차 있었다.

로머들에게 주어진 우선적 임무는 모체 즉 여자 헌터의 획득이었다.

그 탓에 로머들은 우선적으로 여자 헌터들을 제압하고 나머지 남자 헌터들을 학살했는데 지금 체인 역시 여자 헌터를 우선적으로 찾고 있었다.

남자 헌터들은 하나 같이 커다란 방패들을 들고 있었지만 체인의 눈에는 들어오지도 않고 있었다.

나뭇가지 사이 사이를 뛰어 넘고 있던 체인의 시선은 여자 헌터를 찾고 있었다.

주위를 두리번거리던 체인의 시선이 한 곳에 멈추었다.

'있다.'

한쪽에서 여자 헌터가 호숫가 근처에 있는 모습이 보였다.

'흐흐흐.'

건틀릿이 없는 지금 자신이 독차지 할 수 있는 기회였다.

체인이 움직이기 시작한 순간 주변에 있던 모든 헌터들의 귀로 알리미 덫이 몬스터의 출현을 알리기 시작했다.

[몬스터 출현. 덫과의 거리 5M. 몬스터 숫자 한 마리.]

호수 중앙에서 거대 망치를 들고 있던 한성의 눈이 커졌다.

'한 마리다!'

두 마리의 로머가 남아 있었음에도 한 마리만 왔다는 사실은 한성 뿐만 아니라 모두에게 반가움을 선사하고 있었다.

한성은 스킬을 발산 시켰다.

'버블.'

한성의 주위로 거품이 보호막처럼 생겨났고 한성은 물속으로 모습을 감추었다.

각기 다른 곳에서 흩어져 있던 헌터들은 체인이 온 것을 눈치 채지 못한 척 하면서 각기 다른 방향으로 움직이며 로머를 끌어들일 준비를 하고 있었다.

아직까지 체인은 자신이 알리미의 덫에 걸린 것을 알지 못하고 있었다.

"히히히."

체인은 여자 헌터를 깜짝 놀려줄 생각으로 얼굴에 웃음이 가득한 상황이었다.

나무 위에서 이동을 하며 여자 헌터가 움직이는 쪽으로 따라 움직이고 있던 순간이었다.

체인은 제 자리에 멈추었다.

"오옷?"

무언가 이상하다는 것을 느꼈다.

자신이 움직이는 것과 동시에 여자 헌터 역시 서둘러 호수로 들어가고 있었다.

아직 자신이 모습을 드러내지도 않았지만 여자 헌터는 무언가 쫓긴다는 듯이 허겁지겁 호수 안으로 달아나고 있었다.

마치 자신이 온 것을 알고 있다는 듯이 여자 헌터는 당황한 기색이 역력한 채로 주변을 두리번거리고 있었다.

'멍청이!'

멀리서 유진의 행동을 훔쳐보고 있던 기주가 인상을 찌푸렸다.

분명 한성이 내린 지시는 로머가 눈치 채지 못하게 천천히 움직이라는 지시였지만 이미 겁에 질려 버린 유진의 몸은 본능 그대로 반응하고 있었다.

서두르고 있는 여자 헌터의 모습에 체인은 고개를 갸웃거렸다.

"어라? 눈치 챘나 보네?"

지금 까지 여자에게만 눈이 팔려 있던 체인의 시야가 넓어졌다.

각기 다른 방향으로 향하고 있는 것처럼 보였지만 곳곳에 숨어 있는 남자 헌터들의 시선 역시 여자 헌터쪽으로 집중되고 있다는 것을 깨달았다.

자신이 함정에 걸렸다는 생각이 들었지만 체인은 빙그레 웃었다.

"오호. 미끼를 던져 주시는 군. 제법 머리를 굴렸는데 말이야."

체인은 곧바로 몸을 웅크리며 나뭇가지 위에서 뛰어 올랐다.

날다람쥐처럼 튕기듯이 나뭇가지 위에서 뛰어 오른 체인은 허공에서 중얼거렸다.

"부질없음을 보여주지."

지금 체인이 노리는 것은 여자 헌터가 아니었다.

체인이 노리는 것은 방패 뒤에 숨어 있던 헌터들이었다.

해머에게 면역 쉴드가 있고 건틀릿에게 스피드가 있었다면 체인에게는 늘어나는 무기가 있었다.

평상시에는 채 1M 정도의 사슬이었지만 공격 시에는 무려 10M 가까이 늘어나는 무기가 체인의 가장 큰 장점이었다.

허공에 떠 있는 상황에서 이미 타깃들은 체인의 눈에

들어오고 있었다.

'저놈! 저놈! 그리고 요놈!'

헌터들이 거대 방패로 몸을 가리듯이 보호하고 있었지만 사슬의 끝에 달려 있는 추가 명중 시킬 부위는 충분히 찾을 수 있었다.

체인은 양쪽 어깨 앞으로 모으고 있던 두 팔을 활짝 펼쳤다.

촤아아아앗!

축 늘어져 찰랑이고 있던 여섯 개의 사슬들이 각기 다른 방향처럼 뻗어나가기 시작했다.

퍼어어억!

"우아아악!"

마치 창을 내리찍은 것처럼 사슬의 끝에 달려 있던 추는 그대로 하늘에서 내려와 헌터의 몸을 찍었다.

"눈치챘다!"

순식간에 헌터 몇몇이 쓰러져 버렸고 기주가 방패 뒤로 몸을 숨기며 외쳤다.

"숨어!"

기주의 외침에 몸 전체를 감춘 다는 듯이 헌터들이 웅크리며 방패 뒤로 몸을 숙이는 순간이었다.

휘리리릭!

창처럼 일직선으로 내리찍어지고 있던 사슬 중 몇 개가 휘어지기 시작했다.

마치 투수가 던지는 휘어들어가는 공처럼 방패를 피한 사슬은 그대로 명중되고 있었다.

퍼어억!

곧바로 방패 뒤로 웅크리고 있던 몇몇 헌터들이 연이어 쓰러졌고 착지를 한 체인은 냉소를 머금었다.

"어디 감히 그 실력을 가지고 함정을. 쯧쯧."

아직 몇몇 헌터들이 남아 있었지만 체인의 시선은 처음 노렸던 여자 헌터에게로 향했다.

"꺄아아아아!"

뒤쪽에서 들려온 헌터들의 비명소리에 유진은 비명을 지르며 물속을 가르며 달리고 있었다.

호수 앞에서 순간적으로 멈칫한 체인은 생각했다.

'속공이 있군.'

예상보다 여자 헌터의 속도는 빨랐다.

호숫가로 달아나는 것이 꺼림직 하기는 했지만 이대로라면 여자 헌터를 놓칠 것 같았다.

체인은 살짝 주변을 살펴보았다.

이곳에 있는 헌터들 전원이 자신에게 덤벼 봤자 상대가 되지 않을 것이란 사실은 이미 알고 있었다.

헌터들 보다는 오히려 건틀릿이 걱정 되고 있었다.

자신에게는 면역 쉴드가 있었으니 헌터들 따위야 문제없었고 무엇보다 건틀릿이 올 때 까지 기다린다면 여자 헌터를 선점하는 것 역시 물거품이 될 것이 뻔했다.

자신을 보고 깜짝 놀라며 덜덜 떠는 여자의 모습에 느낄 쾌감은 던전의 고립된 상황에서의 유일한 낙이었다.

'면역 쉴드도 있는데 이 따위 놈들에게 겁을 먹을 수는 없지!'

체인은 여자 헌터를 선점 할 수 있다는 유혹을 이기지 못했다.

더 이상 주저함은 없었다.

체인이 호수를 향해 몸을 움직이는 순간 이었다.

"아앗!"

[슬로우 덫! 작동했습니다! 16초간 움직임이 느려집니다!]

덫에 걸렸지만 체인은 당황함 보다는 불쾌감을 표출하고 있었다.

"이 놈년들이!"

슬로우에 걸려 움직임이 늦어졌지만 체인은 속공을 최대한 도로 끌어 올리며 여자의 뒤를 쫓기 시작했다.

슬로우에 걸려 있기는 했지만 달아나는 상대 보다 높은 속공 레벨이었던 탓에 거리는 좁혀지고 있었지만 물 속이라는 특성상 생각 보다는 시간이 오래 걸리고 있었다.

'겨우 16초.'

16초라는 짧은 시간이었으니 해체가 된다면 단번에 잡아낼 수 있다는 확신이 있었다.

체인이 여자 헌터의 뒤를 따라 호수 안으로 들어온 순간

이었다.

버블 스킬을 작동시키고 물 속에서 몸을 숨기고 있던 한성은 움직이기 시작했다.

미끼는 유진만이 아니었다.

한성은 유진이 미끼 역할을 제대로 하지 못할 거라는 사실을 알고 있었다.

로머가 헌터들을 제압함으로 이미 함정이 끝났다고 생각하게 하는 것 역시 한성이 노리는 부분 이었다.

진짜 함정은 지금 시작이었다.

한성은 물속에서 물결이 일어나는 방향을 향해 움직이고 있었다.

물속에 있었지만 물과 차단 시켜 주는 버블의 영향에 호흡에는 전혀 불편함이 없었다.

이방인의 침입을 알리는 듯이 사방으로 흩어지는 헤어테일들이 보이고 있었다.

달려오는 여자 헌터의 물살이 느껴져 오고 있었고 그 뒤로 더 큰 파동을 일으키며 로머가 쫓아오고 있었다.

한성이 노린 것이 이거였다.

'물속에서의 이중 덫. 그리고 상대는 내가 숨어 있는 것을 모른다.'

호수에 들어온 이상 로머가 숨을 곳은 없었다.

즉 로머는 완전히 모습을 드러낸 상황이었고 자신은 물속에서 완벽하게 모습을 숨기고 있었다.

이런 사실도 모른 채 체인은 유진과의 거리를 점점 더 좁히고 있었다.

"흐흐. 이 년이 제법 재미를 주네."

여자 헌터가 자신을 두려워하며 달아난다는 사실에 대한 우쭐거림.

헌터들이 함정을 파 놓았지만 가볍게 제거했다는 자만감.

약자를 괴롭힌다는 쾌감과 재미는 체인의 집중력을 여자 헌터에게만 집중시키고 있었다.

자신이 점점 더 덫의 수렁에 빠진 다는 것을 알아차리지 못하고 있던 그때였다.

"앗!"

슬로우 덫이 해제 되는 순간 또 다른 슬로우 덫이 작동을 했다.

[슬로우 덫! 작동했습니다! 16초간 움직임이 느려집니다!]

물속에까지 덫이 설치되어 있을 줄은 몰랐었다.

또 하나의 슬로우 덫이 발동되며 시간을 연장 시키고 있었다.

체인은 화가 머리끝까지 치밀어 올랐다.

유진은 정신없이 점점 더 깊어지는 호수의 중앙을 향해 달려가고 있었는데 물속으로 완전히 모습을 숨겨 버린다면 잡기가 수월하지 않았다.

뒤쪽에서 쫓아가고 있던 체인은 걸음을 멈추었다.

"흥!"

오른손에 장착된 고리에 연결되어 있는 사슬들이 찰랑거리며 준비를 알렸다.

멀어져 가는 여자 헌터의 뒤를 바라보며 체인은 사슬을 들어올리기 시작했다.

"흥! 놀아주려고 했는데 짜증나게 하는군."

체인이 사슬을 들어 올리는 순간 이었다.

'왔다!'

정신없이 물살을 헤치며 뛰어가고 있는 유진의 모습이 보였다.

유진의 모습이 보이고 있었지만 한성은 아직까지 물속에서 모습을 감추고 있었다.

기회는 한번 뿐이었다.

한성이 물속에서 자신을 노리고 있는 줄도 모르고 있는 체인은 유진을 향해 사슬을 집어 던졌다.

"어디를 달아나!"

촤아아아앗!

오른손 고리에 연결 되어 있던 사슬 중 하나가 늘어나기 시작했다.

죽이지 않겠다는 듯이 사슬 끝에 달린 추 는 여자 헌터를 빗겨가고 있었는데 체인이 손목을 가볍게 흔드는 순간이었다.

촤아앗!

휘리리리릭!

유진의 몸을 지나쳐 가고 있던 사슬은 마치 살아 있는 뱀처럼 휘어지며 유진의 몸을 감싸며 붙잡았다.

체인이 방긋 웃으며 외쳤다.

"잡았다!"

"꺄아아아아앗!"

유진의 비명 소리가 울려 퍼지는 순간이었다.

유진의 비명은 신호나 마찬가지였다.

'도약!'

촤아아아앗!

물속에서 도약 스킬을 작동 시키자 물보라와 함께 한성의 몸이 허공위로 튀어 올랐다.

호수 안에서 폭탄이 터진 것처럼 물 보라가 솟구치자 체인의 입에서는 비명이 튀어 나왔다.

"허억!"

바다가 아니었지만 눈 앞에서는 거대한 파도가 일어나고 있었다.

물 속에서 갑작스럽게 튀어 나왔지만 한성의 시선은 정확하게 로머를 향하고 있었다.

여자 헌터의 몸을 사슬로 묶었다는 것은 반대로 보면 체인의 움직임이 순간적으로 고정되어 있다는 거나 마찬가지였다.

물 보라는 태양에 반사되며 순간적으로 체인의 눈을 부시게 했는데 물 보라 사이를 가르며 먹이를 노리고 있던 맹수가 이빨을 드러냈다.

"이. 이건!"

어찌된 일인지 해머의 거대 망치가 그대로 내려찍어지고 있었다.

한성이 준비한 스킬은 대거를 잡았을 때와 마찬가지의 스킬이었다.

그때는 로머가 면역 쉴드를 가지고 있다는 사실을 알지 못한 탓에 창으로 찔렀지만 지금은 달랐다.

체인이 급하게 몸을 움직이려는 순간 자신이 붙잡은 여자 헌터의 몸은 순간적으로 자신의 움직임을 둔하게 하고 있었다.

놀란 표정을 짓고 있는 체인을 행해 한성은 스킬과 함께 가차 없이 내리 찍었다.

'일격 필살!'

치명타 확률이 증가되는 스킬과 면역 쉴드를 파괴 시키는 해머의 힘이 동시에 명중되는 순간이었다.

콰과과광!

챙그랑!

거대 망치에 실린 기세를 말해 준다는 듯이 면역 쉴드가 산산조각 나는 소리와 함께 체인의 몸은 그대로 날아가 버리고 있었다.

"크어어어어억!"

면역 쉴드 덕분에 즉사는 피했지만 거대 망치의 충격은 그대로 체인의 몸을 뒤로 날려 버리고 있었다.

이런 거대한 충격은 얼마만이었는지 기억조차 없었다.

체인은 본능적으로 몸을 일으켰지만 갑작스러운 충격에 머리가 흔들리고 있었다.

머리가 얼얼하고 온 몸의 기관이 뒤틀린 것 같은 충격에도 체인의 시선은 한성에게 향하고 있었다.

"이런 개새!"

체인은 욕설이 끝나기도 전에 한손을 휘둘렀다.

촤아아아앗!

세 개의 쇠사슬이 날카롭게 한성을 향해 뻗어나갔다.

한성은 미리 준비하고 있었다.

〈3권에서 계속〉

※출판 일정에 따라 출간일은 변경될 수 있습니다.

신분상승 가속자

어느 날 갑자기 찾아 온 지옥같은 밤의 세계!
꿈이라 치부했던 현상이 다시 없을 기회로 찾아왔다!

밤에는 꼭대기 층을 알 수 없는 던전의 마물로
낮에는 돈없는 대한민국의 을로 살던 나에게
홀연히 찾아온 막강한 권능들!

[뫼비우스의 초끈을 습득했습니다.]

치열한 밤 세계의 서열이 올라갈 수록
그의 낮시간도 신분상승을 겪는데
낮과 밤을 엮어주는 뫼비우스 초끈과 미러 퀘스트로
비범하게 신분을 뒤바꾸어라!

그의 평범하기 그지 없던 밑바닥 신분이
걷잡을 수 없이 상승한다!

철갑자라 현대판타지 장편소설

[신분상승가속자]!

철갑자라 현대판타지 장편소설
NEO MODERN FANTASY STORY

북두
(주)조은세상

※출판 일정에 따라 출간일은 변경될 수 있습니다.

발칸레이븐 현대 판타지 장편소설

전설이 돌아왔다

서기 2017년.

지옥에서 악마가 지상으로 올라온다.
인류는 그저 먹이감으로 전락하고 마는데…….

SSS등급 각성자 강혁준은 반전을 꿈꾸며
악마와 결전을 벌이지만 인류의 배반으로 실패한다.

그의 소원은 이루어지고,
마침내 **전설**이 다시 돌아온다.

발칸레이븐 현대판타지 장편소설

『전설이 돌아왔다』

'누구 맘대로? 뭐? 오러 홀이 파괴돼?'

전문적인 치료사가 내린 판단도 아니었다. 그저 조금 실력이 있는 용병이 멋대로 진단하고 결론을 내린 것일 뿐이었다.

"아직 더 뛸 수 있단 말이다!"

하지만, 혹시, 만에 하나라도 그 진단이 옳다면?

'뭐, 어쩌라고?'

그래도 용병으로 살 것이다.

이 길을 선택했고 치열하고 걸어왔다. 아니, 기어왔다. 어차피 진창을 구르는 건 익숙했다. 흙탕물 좀 튄다고 호들갑 떨던 시절인 이미 지났다.

"까라 그래!"

그쯤이야 갈증 해소용으로 너끈히 삼켜줄 수 있었다.

욤병?

"염병!"

어차피 다 같은 용병이었다.

게다가 아직 확실치도 않은 이야기이지 않던가. 절벽이니 낭떠러지니, 벌써부터 판단할 생각 따윈 없었다.

'아직은….'

용병으로 살아갈 것이다.

※출판 일정에 따라 출간일은 변경될 수 있습니

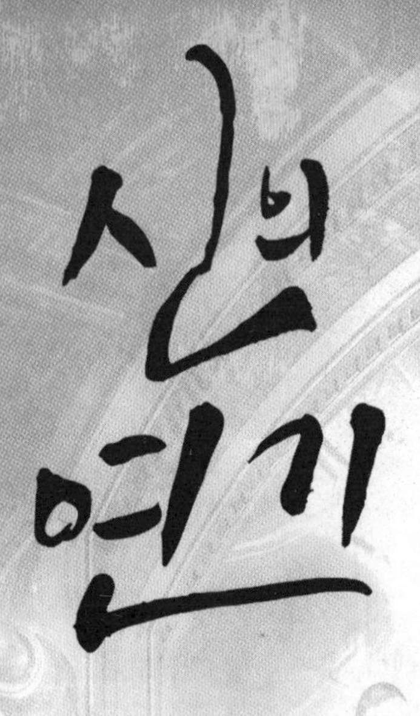

세계 최고의 연기자에게 붙는
위대한 칭호 연기의 신神

사람의 마음이 색으로 보이는 강신!
홀어머니 아래 잘 자라던 그에게
어머님의 죽음이란 시련이 닥쳐 오지만
부모님의 친구였던 분에게 도움을 받아
어려움 없는 유년 시절을 보내게 된다!

우연찮은 기회에 보게 된 뮤지컬 [레미제라블]로 인해
그는 연기의 매력에 푹 빠져 들게 되고
독학으로 연기 공부를 시작하게 되는데!

메소드METHOD

배우가 배역을 연기하기보다 배역 그 자체가 되는 기술!
타고난 연기 천재가 펼치는 메소드 연기는 어떤 연기일까.
인간의 연기일까? 아니면 신의 연기일까?

국내를 넘어 세계로 뻗어 나갈
신의 연기가 지금 시작된다!

북두 백락白樂 현대판타지 장편소설
NEO MODERN FANTASY STO